一生要讀的60首詩歌

【60首中外著名詩人的經典之作】

佟自光　陳榮賦◎主編

前言

詩歌是文學寶庫中的瑰寶，是語言的精華，是智慧的結晶，是思想的花朵，是人性之美的靈光，是人類最純粹的精神家園。古今中外的詩人們，以其生花的妙筆寫下了無數優美的詩歌，經過時間的磨礪，這些詩歌已成爲超越民族、超越國別、超越時空的不朽經典，扣擊著一代又一代人的心靈，給人們思想上和藝術上的雙重享受和薰陶。

人生的品質需要不斷熔鑄，人生的境界需要不斷拓展。而閱讀詩歌、品味詩歌，對於提升人生的品質、豐富人生的內涵，無疑具有不可言喻的意義。一個人在其一生中，閱讀若干首優秀的詩歌，不僅可以拓展自己的閱讀視野，而且還能獲得某種深刻的人生啓示和積極的人生借鑒。優秀的詩歌，沉澱著人類靈魂深處承載的苦難與歡樂、幻滅與夢想、挫折與成功，折射著人類精神結構中永恆的尊嚴和美麗，體現了人類追求眞善美、揚棄假惡醜的執著意念和高尚情懷。閱讀優秀的詩歌，可以使我們在領略詩歌的語言美和韻律美的同時，感同身受，體會詩人所闡揚的人生與社會哲理，獲取在困境中生存的力量和與醜惡相抗爭的勇氣，從而不斷超越自我、完善自我，在今後的人生旅途中高揚理想的旗幡，跨越重重人生障礙，朝著理想完美的人生邁進。

中外詩歌浩如煙海，一個人要想在短暫的一生中遍閱所有大師的傳世佳作，既不現實，也不經濟。爲了讓廣大讀者在最短的時間內迅速、有效地了解中外詩歌的創作成就，獲得最佳的閱讀效果，我社組織有關人員，在廣泛查閱相關資料的基礎上，經過反覆細緻的討論和斟酌，最後從琳瑯滿目的中外詩歌寶庫中遴選出60首名氣最響、流傳

最廣、影響最大的詩歌，輯錄成《一生要讀的60首詩歌》一書。所選的詩歌，在地域上涵蓋中外，時間上側重當代，它們形式多樣、風格各異，具有較高的思想性和藝術性，代表了中外詩歌創作的最高成就。

爲了幫助讀者深入理解作品，本書增設了「必讀理由」、「作者簡介」、「名作賞析」、「流派溯源」、「推薦閱讀」五個專欄。「必讀理由」對某首詩歌入選的原因進行簡要的評述，讓讀者對下一步的閱讀有個初步的認識；「作者簡介」對詩人的人生歷程、創作成就等進行扼要的介紹，使讀者對作者有個清晰概括的了解；「名作賞析」爲知名院校專業研究人員所撰寫的詩歌評論，以深入淺出的語言對每首詩歌的寫作背景、內容思想、語言特色、風格手法等進行精當到位的解析，引導讀者從不同角度去品味詩歌；「流派溯源」對中外現當代詩歌發展史上出現的各種重要詩歌流派進行評述，幫助讀者了解這些詩歌流派的類型、詩歌主張、地位影響等；「推薦閱讀」向讀者推薦詩人另外幾首著名的詩歌或有代表性的精短詩集，指導讀者於業餘時間能針對詩人的其他佳作進行閱讀。爲了給讀者創造一個輕鬆的閱讀氛圍，我們還爲每首詩歌選配了契合詩意的精美圖片，書中共收圖片300餘幅，圖文連袂，相得益彰，使讀者在不知不覺中開始一段愉快的彩色文學讀書之旅。

我們希望透過本書，引領讀者進入詩歌的殿堂，領略中外詩歌的藝術魅力，進而啓迪心智，陶冶性情，提高個人的文學素養、審美水準、人生品味，爲自己的人生營造一方純淨的聖土。

目錄

《中國卷》

教我如何不想她 劉半農 10

天上的街市 郭沫若 14

紅燭 聞一多 17

繁星 冰心 22

再別康橋 徐志摩 25

斷章 卞之琳 29

雨巷 戴望舒 32

你是人間的四月天 林徽音 36

大堰河——我的保姆 艾青 40

預言 何其芳 48

航 辛笛 52

鄉愁 余光中 55

錯誤 鄭愁予 58

致橡樹 舒婷 61

一代人 顧城 65

回答 北島 68

面朝大海，春暖花開 海子 72

《外國卷》

你的長夏永遠不會凋謝 莎士比亞 76

一朵紅紅的玫瑰 彭斯 79

詠水仙 華茲華斯 82

夜鶯頌 濟慈 86

去國行 拜倫 92

西風頌 雪萊 98

十四行情詩 勃朗寧夫人 104

横越大海 丁尼生 107

當你老了 葉慈 110

序曲 艾略特 113

黃昏的和諧 波特萊爾 116

烏鴉 蘭波 119

詩人走在田野上 雨果 123

天鵝 馬拉美 126

海濱墓園 瓦萊里 129

秋 拉馬丁 138

哀愁 繆塞 142

羅蕾萊 海涅 145

歡樂頌 席勒 149

假如生活欺騙了你 普希金 156

帆 萊蒙托夫 159

披著深色的紗籠 阿赫瑪托娃 162
你不愛我也不憐憫我 葉賽寧 165
生活之惡 蒙塔萊 169
海濤 夸西莫多 172
我不再歸去 希梅內斯 176
青春 阿萊桑德雷 180
豹 里爾克 183
我願意是急流 裴多菲 186
美好的一天 米沃什 190
致海倫 愛倫・坡 193
哦，船長，我的船長 惠特曼 196
靈魂選擇自己的伴侶 狄金森 200
在一個地鐵車站 龐德 203
雪夜林邊逗留 弗羅斯特 206
死的十四行詩 米斯特拉爾 209
情詩 聶魯達 214
大街 帕斯 217
她 達里奧 220
雨 博爾赫斯 224
我愛你，我的愛人 泰戈爾 227
論婚姻 紀伯倫 230
醉歌 島崎藤村 234

一生要讀的

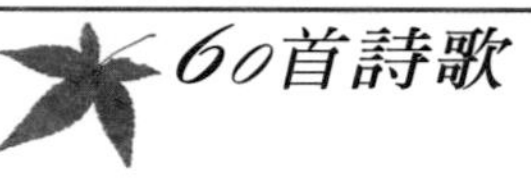

60首詩歌

中國卷

教我如何不想她

◇劉半農

天上飄著些微雲，
地上吹著些微風。
啊！
微風吹動了我頭髮，
教我如何不想她？

月光戀愛著海洋，
海洋戀愛著月光。
啊！
這般蜜也似的銀夜，
教我如何不想她？

必讀理由

- 劉半農的成名作
- 一首傳唱海內外的懷鄉思親之曲
- 著名學者趙元任為之譜曲，朱自清給予高度評價

▲1924年劉半農在國外留學時的照片。

水面落花慢慢流，
水底魚兒慢慢游。
啊！
燕子你說些什麼話？
教我如何不想她？

枯樹在冷風裏搖，
野火在暮色中燒。
啊！
西天還有些兒殘霞，
教我如何不想她？

《教我如何不想她》是劉半農1920年留學歐洲期間寫下的新詩，詩歌意境優美，情調高尚，深受當時中國青年男女的喜愛。不久，著名學者趙元任先生又為該詩譜了曲，曲調婉轉動人，遂使該詩在海內外廣泛流傳，吟唱不衰。

作者簡介

劉半農（1891—1934），江蘇江陰人，中國新文化運動的健將。出身貧苦，上中學時因嚮往辛亥革命輟學參軍，後到上海做編輯工作。1918年和錢玄同合作演雙簧戲，爭辯關於白話文的問題，有力地推進了白話文運動。另外他還一度參加《新青年》的編輯工作。1920年赴英入倫敦大學學習，1921年轉入法國巴黎大學專攻語音學，獲文學博士學位，並被巴黎語言學會推爲會員。1925年秋回國，任北京大學國文系教授。1926年主編《世界日報》副刊，並任中法大學國文系主任。同年詩人將自己多年來在詩歌創作上的成果結集出版，分別是《瓦釜集》（詩集中對民歌形式的利用作了有益的探索）、《揚鞭集》。1929年起歷任北京大學國文系教授、北平大學女子文學院院長、輔仁大學教務長等職。1934年，詩人英年早逝。

▲劉半農像

名作賞析

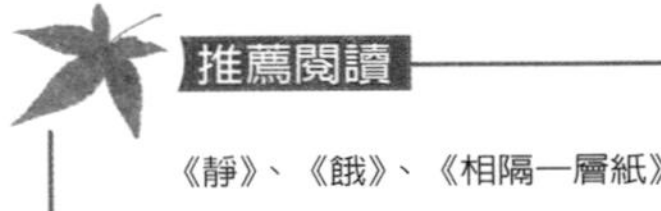

這首詩作於1920年詩人留學歐洲期間。也許是情人不在身邊，也許是對祖國的想念，伴著那景色，詩人唱出了心底潛藏的最純眞的愛情和熱切的思念之情。詩名開始時叫做《情歌》，不久詩人將名字改成《教我如何不想她》。那時的詩人遠離祖國故土，心中時時生出對故國的依戀，而那時的中國更是千瘡百孔，其時詩人對故國的關心程度是可想而知的。

天空明淨，大地寬闊。雲兒在天空中飄著，微風輕吹，吹亂了詩人的頭髮，也喚起了詩人心中思念故土和親人的感情，接著詩人一聲感歎：「教我如何不想她？」反問加強了那感情和思念的程度。

在夜裏，銀色的月光照在寬闊的海面上。在這「蜜也似的銀夜」，詩

▲劉半農在國外留學時與其妻子的合影。
劉半農是中國新詩的開拓者、白話文的宣導者。他積極主張寫新詩和應用白話文，並親自進行實踐。他還宣導文學作品的分段和運用新式標點，並創造了「她」、「它」二字，沿用至今。

人卻不能和戀人相伴，不能和心中的戀人在一起。這月光和海洋契合無間、依傍難分的情景在詩人的心中激起了怎樣的感情呀？「教我如何不想她」？

水上落花，水底游魚，燕子飛舞。這花因爲燕子可有著「落花有意，流水無情」的擔心？這游魚因爲燕子的出現可有著被水拋棄的擔心？也許，燕子送來了家鄉的訊息，讓詩人的心裏有著更深的觸動，更深的思念，「教我如何不想她」？

枯樹在冷風中搖動，殘霞映紅了半邊天，如野火在燒。這冷的風和天邊的殘霞形成了強烈的對比，更加襯出了詩人遠離故國的失落和熱切的思念之情。思念之餘，詩人看到的還是一片冷冷的暮色——殘霞。這是一種強烈的反差，在詩人最冷的心靈感受中，暗藏著對祖國深深的愛。

劉半農的詩歌代表了中國新詩早期的風格，他也是早期新詩的作者中創作路子比較寬的一個。他一方面吸收歌謠的散體或者外國的詩歌特點，另一方面繼承了中國傳統詩歌的特點和手法——重視意境的營造、比興等。如這首詩中，每一段的開頭渲染了不同的景色，以引起感情的抒發；每一段都營造了優美的詩歌意境，實感的景色引起人們無窮的想像。同時，詩人採用了西方抒情詩的一些特點，反覆吟唱，用生活中的白話來抒發心中強烈的感情。這首詩無論是在意境的營造上，還是在抒情方式的表現技巧上，都是後來中國白話新詩的楷模，對中國的新詩產生了啓發式的影響。

▲劉半農在國外留學時與妻女的合影。

天上的街市

◇郭沫若

遠遠的街燈明了，
好像閃著無數的明星。
天上的明星現了，
好像點著無數的街燈。

我想那縹緲的空中，
定然有美麗的街市。
街市上陳列的一些物品，
定然是世上沒有的珍奇。

你看，那淺淺的天河，
定然是不甚寬廣。
那隔河的牛郎織女，
定能夠騎著牛兒來往。

我想他們此刻，
定然在天街閒遊。
不信，請看那朵流星，
哪怕是他們提著燈籠在走。

必讀理由

◇ 中國白話新詩的經典之一
◇ 郭沫若的代表作之一
◇ 一曲具有童話和神話色彩的恬靜秀美的憧憬之歌

作者簡介

▲郭沫若像

郭沫若（1892—1978），原名郭開貞，四川樂山人，中國現代浪漫主義詩人、劇作家、歷史學家、古文字學家。早年先後在日本岡山高等學校和九州帝國大學學習醫學。在帝國大學，詩人開始從事文學創作。1920年詩人在《時事新報．學燈》上發表了一系列重要作品，1921年出版詩集《女神》。這部詩集是中國現代詩歌史上的里程碑，開創了中國新詩的浪漫主義風格。同年，詩人和郁達夫等人組織成立創造社，創辦《創造》季刊。1923年，詩人從帝國大學畢業。1926年，詩人出任廣東大學校長。同年7月，詩人隨國民革命軍北伐。1927年8月，參加南昌起義，加入中國共產黨。起義期間，詩人創作了大量歷史劇，宣傳革命，挖苦諷刺蔣介石，遭到蔣介石的通緝。1928年2月，他開始了在日本的10年流亡生涯。期間詩人潛心研究中國古代文化，奠定了他的史學家、古文字學家的地位。1937年，他秘密回國，積極投身抗日救亡運動，創作了大量有時代氣息的歷史劇，如《虎符》、《屈原》等。解放後詩人一直主持文化工作，歷任中國科學院院長、全國人大常委會副委員長、全國政協副主席等職。

名作賞析

郭沫若的詩一向以強烈情感宣洩著稱，他的《鳳凰涅》熱情雄渾；他的《天狗》帶著消滅一切的氣勢；他的《晨安》、《爐中煤》曾經讓我們的心跳動不止。但這首詩卻恬淡平和，意境優美，清新素樸。詩人作這首詩時正在日本留學，和那時的很多中國留學生一樣，他心中有著對祖國的懷念，有對理想未來的迷茫。詩人要借助大自然來思索這些，經常在海邊彷徨。在一個夜晚，詩人走在海邊，仰望美麗的天空、閃閃的星光，心情變得開朗起來。詩人似乎找到了自己的理想，於是他在詩中將這種理想寫了出來——那似乎是天國樂園的景象。

推薦閱讀

《鳳凰涅》、《地球，我的母親》、《爐中煤》、《巫峽的回憶》

詩人將明星比作街燈。點點明星散綴在天幕上，那遙遠的世界引起人

▲20世紀20年代郭沫若在日本留學時與妻子安娜及子女的合影。

們無限的遐想。街燈則是平常的景象，離我們很近，幾乎隨處可見。詩人將遠遠的街燈比喻爲天上的明星，又將天上的明星說成是人間的街燈。是詩人的幻覺，還是詩人想把我們引入「那縹緲的空中」？在詩人的心中，人間天上是一體的。

那縹緲的空中有一個街市，繁華美麗的街市。那兒陳列著很多的物品，這些物品都是人間的珍寶。詩人並沒有具體寫出這些珍奇，留給了我們很大的想像空間，我們可以將它們作爲我們需要的東西，帶給我們心靈寧靜、舒適的東西。

那不僅是一個街市，更是一個生活的場景。那被淺淺的天河分隔的對愛情生死不渝的牛郎、織女，在過著怎樣的生活？還在守著銀河只能遠遠相望嗎？「定然騎著牛兒來往」，詩人這樣說。在那美麗的夜裏，他們一定在那珍奇琳瑯滿目的街市上閒遊。那流星，就是他們手中提著的燈籠。簡簡單單的幾句話，就顚覆了流傳千年的神話，化解了那悲劇和人們歎息了千年的相思和哀愁。

這首詩風格恬淡，用自然清新的語言、整齊的短句、和諧優美的韻律，表達了詩人純眞的理想。那意境都是平常的，那節奏也是緩慢的，如細流，如漣漪。但就是這平淡的意境帶給了我們豐富的想像，讓我們的心靈隨著詩歌在遙遠的天空中漫遊，盡情馳騁美好的夢想。

▲郭沫若留學日本時在千葉市的住房

紅燭

◇聞一多

蠟炬成灰淚始乾
——李商隱

紅燭啊！
這樣紅的燭！
詩人啊！
吐出你的心來比比，
可是一般顏色？

紅燭啊！
是誰製的蠟——給你軀體？
是誰點的火——點著靈魂？
爲何更須燒蠟成灰，
然後才放光出？
一誤再誤；
矛盾！衝突！

紅燭啊！
不誤，不誤！
原是要「燒」出你的光來——
這正是自然底方法。

必讀理由

- ◇ 聞一多第一部詩集《紅燭》的序詩
- ◇ 李商隱《無題》詩的現代最佳版本
- ◇ 聞一多一生追求光明與自由的精神寫照

▲《紅燭》配圖，聞一多之子聞立鵬作。聞一多是中國現代著名的詩人，也是一位英勇無畏的民主戰士。他一生都在為追求真理、追求自由、追求光明而不懈地探索奮鬥，並不惜為之獻出自己的生命。他的《紅燭》一詩真實地反映了他的這種高尚精神。

紅燭啊！
既製了，便燒著！
燒罷！燒罷！
燒破世人底夢，
燒沸世人底血——
也救出他們的靈魂，
也搗破他們的監獄！

紅燭啊！
你心火發光之期，
正是淚流開始之日。

紅燭啊！
匠人造了你，
原是爲燒的。
既已燒著，
又何苦傷心流淚？
哦！我知道了！
是殘風來侵你的光芒，
你燒得不穩時，
才著急得流淚！

紅燭啊！
流罷！你怎能不流呢？
請將你的脂膏，
不息地流向人間，
培出慰藉底花兒，
結成快樂底果子！

紅燭啊！
你流一滴淚，灰一分心。
灰心流淚你的果，
創造光明你的因。

紅燭啊！
「莫問收穫，但問耕耘。」

▲聞一多詩集《紅燭》封面。1923年由上海泰東圖書局印刷發行。

作者簡介

聞一多（1899—1946），原名聞家驊，湖北浠水人，中國現代詩人、思想家。1912年考入清華學校。1922年赴美留學，先後入芝加哥美術學院、科羅拉多大學美術系學習，同時創作了大量愛國思鄉的詩歌。1924年，詩人的詩集《紅燭》出版，奠定了詩人在中國現代詩歌史上的地位。1925年詩人回國，任北京藝術專科學校教務長，曾參與創辦《大江》雜誌，同時與徐志摩等在北京《晨報》上開設副刊《詩鐫》。1927年去武漢國民革命軍政治部工作，同年任南京國立中山大學外文系主任。1928年參與創建「新月社」，和徐志摩等創辦《新月》雜誌，同年出版詩集《死水》。此後詩人放棄詩歌創作，埋頭鑽研學術，先後任武漢大學、青島大學文學院院長，清華大學中文系教授。抗戰期間，詩人帶領最後從北京離開的學生徒步前往雲南，任西南聯合大學中文系教授。1944年加入民盟。1946年7月15日，詩人抗議國民黨暗殺民盟黨員李公僕，在李的追悼會上演說著名的《最後一次演講》，回家途中遭國民黨特務槍殺。

▲聞一多像

名作賞析

這首詩寫於1923年。詩人準備出版自己的第一部詩集，在回顧自己數年來的理想探索歷程和詩作成就時，就寫下了這首名詩《紅燭》，將它作爲同名詩集《紅燭》的序詩。

詩的開始就突出紅燭的意象，紅紅的，如同赤子的心。聞一多要問詩人們，你們的心可有這樣的赤誠和熱情，你們可有勇氣吐出你的眞心和這紅燭相比。一個「吐」字，生動形象，將詩人的奉獻精神和赤誠表現得一覽無餘。

詩人接著問紅燭，問它的身軀從何處來，問它的靈魂從何處來。這樣的身軀、這樣的靈魂爲何要燃燒，要在火光中毀滅自己的身軀？詩人迷茫了，如同在生活中的迷茫，找不到方向和思考不透很多問題。矛盾！衝突！在曾有的矛盾衝突中詩人堅定了自己的信念。因爲，詩人堅定地說：「不誤！不誤」。詩人已經找到了生活的方向，準備朝著理想中的光明之路

▲聞一多書法手跡。

邁進，即使自己被燒成灰也在所不惜。

詩歌從第四節開始，一直歌頌紅燭，寫出了紅燭的責任和生活中的困頓、失望。紅燭要燒，燒破世人的空想，燒掉殘酷的監獄，靠自己的燃燒救出一個個活著但不自由的靈魂。紅燭的燃燒受到風的阻撓，它流著淚也要燃燒。那淚，是紅燭的心在著急，爲不能最快實現自己的理想而著急，流淚。詩人要歌頌這紅燭，歌頌這奉獻的精神，歌頌這來之不易的光明。在這樣的歌頌中，詩人和紅燭在交流。詩人在紅燭身上找到了生活方向：實幹，探索，堅毅地爲自己的理想努力，不計較結果。詩人說：「莫問收穫，但問耕耘。」

這首詩有濃重的浪漫主義和唯美主義色彩。詩歌在表現手法上重幻想和主觀情緒的渲染，大量使用了抒情的感歎詞，以優美的語言強烈地表達了心中的情感。在詩歌形式上，詩人極力注意詩歌的形式美和詩歌的節奏，以和詩中要表達的情感相一致，如：重覆句的使用、一定程度上採用中國傳統詩歌的押韻形式、前後照應和每節中詩句相對的齊整等等。詩人所宣導的中國新詩的格律化、音樂性的主張在這首詩中有一定的體現。可以說，聞一多融匯古今、化和中外的詩歌形式，以強烈的情感表達和追求精神開闢了中國一代詩風，激勵著一代代的中國詩人去耕耘和探索。

推薦閱讀

《死水》、《春光》、《發現》

繁星

◇冰心

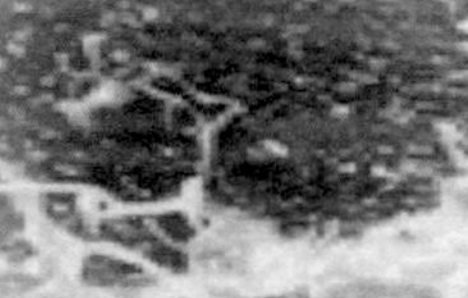

繁星閃爍著——
深藍的太空，
何曾聽得見他們對語？
　沉默中
　微光裏
他們深深的互相頌讚了。

大海呵！
　哪一顆星沒有光？
　哪一朵花沒有香？
　哪一次我的思潮裏
沒有你波濤的清響？

◇ 中國白話新詩中短詩的典範
◇ 體現了冰心純真、高尚的「愛」的哲學

作者簡介

▲冰心像

冰心（1900—1999），原名謝婉瑩，福建長樂人，中國現代著名女詩人、作家。出生在一個清末軍官家庭。1918年進北京協和女子大學（後併入燕京大學）學醫，後改學文學。同年開始發表小說，登上文壇。1920年起發表短篇小說《斯人獨憔悴》，開啓文壇「問題小說」的討論；同年詩人的小詩創作也獲得文壇的認可，在報紙雜誌上時有發表。1921年參加文學研究會，是其成立時唯一的女性。1923年，詩人的詩集《繁星》、《春水》出版。同年赴美國威爾斯利女子大學學習英國文學，期間寫成《寄小讀者》等系列散文。1926年回國後在燕京大學、清華大學女子文理學院任教。抗戰勝利後，詩人東渡日本。1951年秋回國。1960年後曾任中國作協書記處書記。在20世紀90年代，又寫下了《再寄小讀者》等著名作品。1999年在北京病逝。

名作賞析

中國的新詩，在經過早期的過分散文化探索之後，開始回歸詩的本身。東方的詩歌進入了中國詩人的視野，那就是鄭振鐸翻譯的泰戈爾的《飛鳥集》和周作人翻譯的日本的俳句。冰心的新詩於1922年在報紙上連載，1923年結集出版的詩集《繁星》、《春水》就是她那個時期的創作實績。

在冰心的人生歷程中，有兩點對詩人的思想產生了決定性的影響。一是詩人的童年是在山東威海度過的；在這個海邊城市中，詩人整日面對著變幻不息的海面，整日在天水之間體味那份空闊和悠遠。二是冰心早年就讀於一所教會學校；基督教的泛愛思想深深影響了詩人的「愛」的哲學。這樣的思想伴著詩人敏感的心靈，在詩人的筆下，在詩人的詩中飛翔了。這一定程度上也是《繁星》、《春水》的主題和內容。

推薦閱讀

《春水》，冰心於1922年發表的182首無標題小詩的合集，被譽為「零碎的思想」的結集。

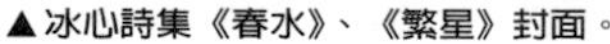
▲冰心詩集《春水》、《繁星》封面。

第一首詩，表現了人類應互敬互愛的「愛」的哲學思想。在夜裏，天空高遠而深邃，透著深深的藍色；繁星在閃爍著，很是靈動，顯示著生命的跡象。詩人面對著這樣的星空，

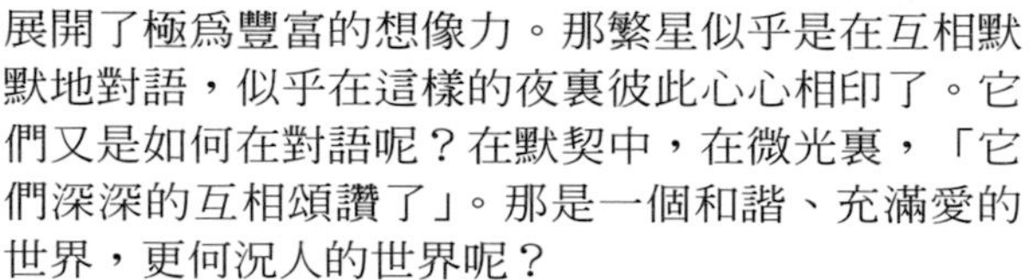
展開了極爲豐富的想像力。那繁星似乎是在互相默默地對語，似乎在這樣的夜裏彼此心心相印了。它們又是如何在對語呢？在默契中，在微光裏，「它們深深的互相頌讚了」。那是一個和諧、充滿愛的世界，更何況人的世界呢？

第二首詩，是冰心對大海的感受，是對大海的頌歌，也是詩人心靈的頌歌。詩人由波瀾壯闊的大海想到了浩瀚的宇宙，點點群星；想到了繁華的世界，香氣四溢的花朵。詩人再由這繁華而廣闊的自然想到了詩人自己的胸懷，想到人類的博大和寬廣。詩採用了排比句，用連續的反問加強了抒情的效果，深化了詩歌的意境。

冰心的小詩形體短小，思想純眞，含有豐富的詩意。如這兩首詩，三言五語就塑造出一個生動的意境，用典型的情景表達了詩人內心深處的詩意感興，啓人深思。詩人的一刹那的思考就足以讓我們領悟世間的哲理。詩的語言修辭的運用也特色獨具，排比、反問、比喻是貼切和意味豐富的，擬人的使用更是融情入景，生動而情趣並具。另外，一定程度的口語化，使她的詩凝練而不失自然流利，清新怡人。

再別康橋

◇徐志摩

輕輕的我走了，
　正如我輕輕的來；
我輕輕的招手，
　作別西天的雲彩。

那河畔的金柳，
　是夕陽中的新娘；
波光裏的豔影，
　在我的心頭蕩漾。

軟泥上的青荇，
　油油的在水底招搖；
在康河的柔波裏，
　我甘心做一條水草！

◇ 中國新月詩的代表作
◇ 一首讓康橋蜚聲中外的讚美詩
◇ 完美體現了新月詩的風格

▲**徐志摩筆下的劍橋風光**
劍橋位於英國劍橋大學之內，附近水清樹碧，風景靈秀，徐志摩的《再別康橋》一詩更是使其蜚聲世界。

那榆蔭下的一潭，
　不是清泉，是天上虹
揉碎在浮藻間，
　沉澱著彩虹似的夢。

尋夢？撐一支長篙，
　向青草更青處漫溯，
滿載一船星輝，
　在星輝斑斕裏放歌。

但我不能放歌，
　悄悄是別離的笙簫；
夏蟲也為我沉默，
　沉默是今晚的康橋！

悄悄的我走了，
　正如我悄悄的來；
我揮一揮衣袖，
　不帶走一片雲彩。

作者簡介

▲徐志摩像

徐志摩（1896—1931），浙江海寧人，中國現代著名詩人。1915年考入北大預科班，次年入北洋大學，再次年轉入北京大學政治學系。1918年，詩人轉入美國克拉克大學，第二年轉入哥倫比亞大學研究院，一年後獲碩士學位。1921年，詩人進入劍橋大學研究院學習政治學，同時開始創作新詩。同年詩人和才女林徽音相識，墜入情網。1922年3月，詩人與前妻張幼儀離婚，10月回到上海。1924年，泰戈爾訪華，詩人作爲陪同及翻譯與泰遊歷各地，並隨泰一同去了日本。同年詩人應胡適之邀任北大英文系教授，不久結識京城社交界名流陸小曼（她已爲一名軍人的妻子），兩人很快墜入愛河。1926年，二人舉行了婚禮。此後詩人一方面繼續在大學教書，另一方面和胡適、聞一多等人創立「新月社」，創辦《新月》雜誌。1931年1月，詩人主編的《詩刊》創刊。同年11月因飛機失事英年早逝。這次飛行旅途事務包括看望病中的妻子和趕場聽林徽音的講座。

名作賞析

推薦閱讀

《偶然》《海韻》《雪花的快樂》
《翡冷翠的一夜》

這首詩寫於1928年詩人第三次漫遊歐洲的歸途中，寫的是那年一個夏日的感想。那是一個明媚的夏日，詩人懷著莫名的激情，瞞著接待他的大哲學家羅素，一個人悄悄地來到康橋（即劍橋大學所在地，今統譯劍橋）——詩人曾學習過、生活過的地方，想尋找他在那兒的朋友。但是，友人都不在家，詩人就在美麗的校園裏徘徊，在那一木一花之中尋覓當年的歡聲笑語，那灑落其間的青春年華。這些感想在詩人的心中醞釀了幾個月，最後形成了這首詩。

詩的開頭就瀰漫著一種懷舊的情緒和寧靜的氛圍。詩人的來和走都是輕輕的，沒有任何的聲響，沒有什麼煩躁和吵鬧；但詩人畢竟要和那華美

▲徐志摩的詩集《再別康橋》封面。

的雲彩告別了，畢竟那段美好的時光已經逝去了。那陽光下柔柔的柳枝，映在輕輕蕩漾的波光裏，幻出點點的金鱗，照在了詩人的眼中，同樣也撥動著詩人的心。當年的友人的音容笑貌、愛人的切切私語在詩人的眼前浮現，耳畔迴響。那清澈的水中水草綠油油的，在水底搖曳，那清涼和優美都是詩人所羨慕的。

詩人的想像不再受控制。在詩人眼中，那潭水就是天上的彩虹，它被揉碎了，最後沉澱在潭底的浮藻間，聚合爲詩人的夢。尋夢？詩人隨即就有了追憶的沉思。撐一支長篙，向青草的深處追尋，直到星光點點還樂不思歸，在美麗的月夜放歌。

然而那段美好的時光不會再現了，昔日的好友也杳無蹤影。詩人感到無限的惆悵。詩人的悵然情緒也感染了蟲子，它們知趣似地沉默著，不再鳴叫。詩人要離去了，悄悄地離去，詩人不想驚動那美麗的場景，那美麗的回憶。

這首詩是中國新月詩的代表作。四行一節，每節押韻，詩行的排列錯落有致，參差變化中有整齊的韻律。詩的整體有著強烈的音節波動和韻律感；首節和尾節前後呼應，使詩的形式完整。用詞上講究音節的和諧與輕盈，「輕輕」、「悄悄」等疊字的使用更是恰如其分。這些都完美表現了新月派詩歌的特徵：完整的形式，和諧優美的旋律，詩句的緊密節奏等等。

流派溯源

新月詩派，中國新詩的第一個流派，因徐志摩、聞一多等組織新月詩社、創辦《新月》月刊等活動而得名。主要活躍於20世紀20年代晚期到30年代早期。這派詩人主張中國新詩的形式格律化，新詩要有和諧、勻齊的審美特徵。他們還主張詩歌不能直白化，要在情感的宣洩中提煉出優美恰當的意象。

斷章

◇卞之琳

你站在橋上看風景
看風景的人在樓上看你

明月裝飾了你的窗子
你裝飾了別人的夢

- 中國白話新詩的經典之一
- 卞之琳的成名作
- 發表時引起巨大轟動
- 開拓了中國新詩的新天地

作者簡介

▲卞之琳像

卞之琳（1910—2000），江蘇海門人，中國現代著名詩人、翻譯家。1922年考入上海浦東中學，並越級直接進高一的第二學期，開始接觸新文化。1929年，考入北京大學英文系，在徐志摩等人的影響下開始新詩創作。1933年大學畢業後，詩人先後在保定、濟南等地教書，同年出版其第一部詩集《三秋草》。抗戰時期，詩人前往四川大學任教，期間曾赴延安和太行山一帶訪問。1940年後先後在西南聯大、南開大學任教。1947年詩人應邀前往英國牛津大學專事創作。1949年回國任北京大學英語系教授。建國後，詩人歷任《詩刊》、《文學評論》等刊物的編輯和中國社科院研究員等職務。2000年12月病逝於北京。詩人的作品除上面提到的外，還有《慰勞信集》、《魚目集》、《漢園集》、《十年詩草》等，另外還有一些譯作，如《哈姆雷特》、《海濱墓園》等。

名作賞析

這首詩選自《魚目集》，寫於1935年10月。據詩人自己說，這首詩起先只是一首詩中的四句，因只有這四句詩人感到滿意才保留下來，自成一篇。不料這首詩竟成了詩人流傳最廣、最有代表性的一首詩。

詩只有四句，每個字、詞，每句話都通俗易懂，但細細品味便覺意味悠長，耐人尋味。詩中用幾個簡單的意象、詞語，營造了兩個優美的意境，同時帶著深深的傷感。

第一個意境的中心是橋。「你」站在橋上，看橋下流水淙淙，想那光潔的石或綠油油的青苔；聞吟吟風聲，想那深深的林中清脆的鳥鳴。一切都那樣的自然，那樣的明淨、悠揚而和諧。透過這寧靜的自然，是一個小樓，裏面住著一個人；在鳥聲的背後是一雙眼睛。「你」一下就成了別人的風景。

第二個意境的中心是夜。「你」懷著淡淡的哀愁，在寂靜無人的夜裏打量著世界，也許是想在人世間的美中找點慰藉。明月當空，皎潔的月光使夜蒙上了一種淺白的色調，若有若無，如夢如幻。「你」獲得了美麗的滿足嗎？也許。然而，詩人要告訴「你」：此刻的「你」正做了他人的夢境，正被人設計在哀愁的、惹人憐的形象上，滿足了別人的想像。

那橋、那夜、那風景、那夢都具有一定的象徵意義，詩人似乎在講生活、生活的狀況，講心靈、心靈的慰藉。橋是風景，是自然純眞的美；然而這美又是人類眼中的世界。夜是人心靈的歸宿，又是生活的陰暗面。人們的陰影，人們的愁會積壓在夜裏，人們要從沉沉的暗夜中擺脫出來，尋找美好的生活。所以，人們需要風景，需要夢。詩歌隱含了一種深刻的人生哲理：人生處處存在「相對狀態」，作爲個體的人、自然是獨立的，互不相干的；但作爲群體的人、自然，又是互相依存、互相影響的。

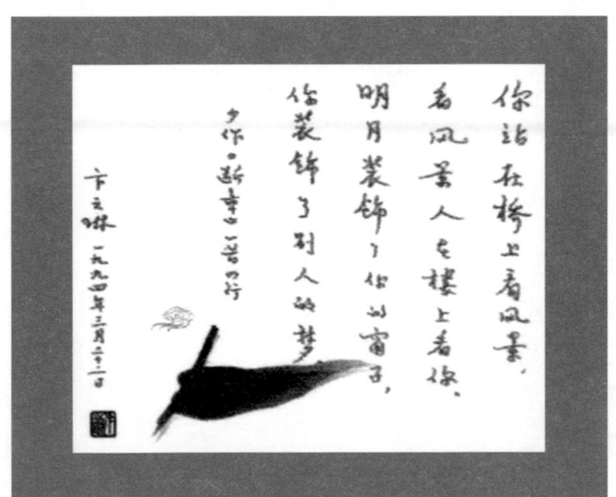

▲卞之琳詩歌《斷章》手跡。
卞之琳是20世紀30年代中國「現代派」詩歌流派的代表人物之一，其詩作以「晦澀」著稱，不重情感宣洩而重意象暗示，避開「私人情感」去探索宇宙、人生的哲理，具有濃厚的玄學思辨色彩。

這首詩有著明顯的中國現代派詩歌風格，一方面吸收了西方象徵主義詩歌的手法，同時又廣泛運用了中國傳統詩歌的手法：著重於意境的營造。詩歌意境空靈優美，爲人們帶來了無盡的遐想；言有盡而意無窮，明白的話中有著啓人深思的哲理和觸動人心的落寞感情。這首詩也帶有卞之琳獨特的詩歌風格：冷靜的語調、對新奇意境的追求、帶有思辨意味的象徵，引人深思的內在韻味，等等。

雨巷

◇戴望舒

撐著油紙傘，獨自
彷徨在悠長，悠長
又寂寥的雨巷，
我希望逢著
一個丁香一樣地
結著愁怨的姑娘。

她是有
丁香一樣的顏色，
丁香一樣的芬芳，
丁香一樣的憂愁，
在雨中哀怨，
哀怨又彷徨；

她彷徨在這寂寥的雨巷
撐著油紙傘
像我一樣，
像我一樣地
默默行著，
冷漠，淒清，又惆悵。

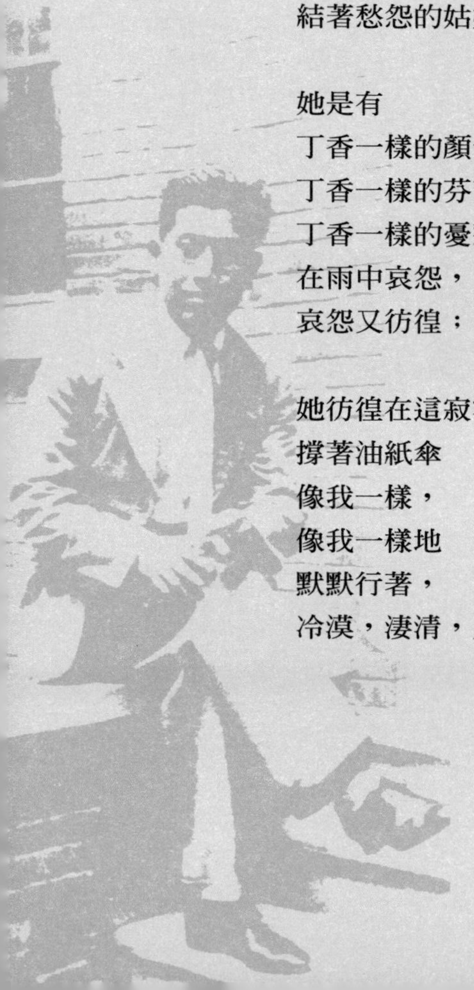

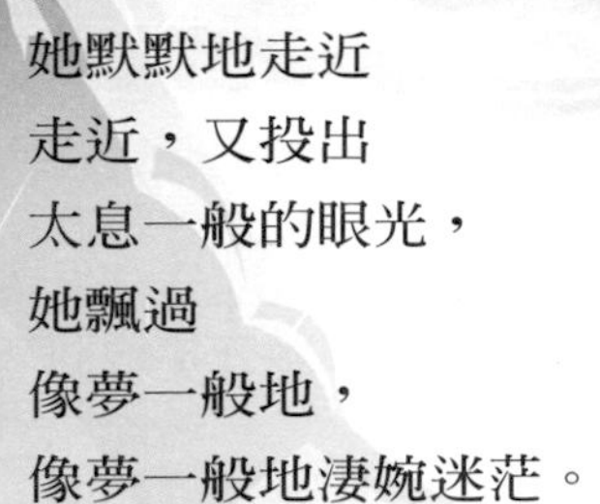

她默默地走近
走近，又投出
太息一般的眼光，
她飄過
像夢一般地，
像夢一般地淒婉迷茫。

像夢中飄過
一枝丁香地，
我身旁飄過這女郎；
她靜默地遠了，遠了，
到了頹圮的籬牆，
走盡這雨巷。

在雨的哀曲裏，
消了她的顏色，
散了她的芬芳，
消散了，甚至她的
太息般的眼光，
丁香般的惆悵。

撐著油紙傘，獨自
彷徨在悠長，悠長
又寂寥的雨巷，
我希望飄過
一個丁香一樣地
結著愁怨的姑娘。

必讀理由

◇ 中國現代派詩歌的代表作
◇「雨巷詩人」戴望舒的成名作
◇ 發表後引起廣泛轟動

▲戴望舒像

作者簡介

戴望舒（1905—1950），原名戴丞，浙江杭州人，中國現代派詩人的代表人物。幼年患有天花，容貌因此被毀。1928年發表詩歌《雨巷》震動文壇，獲得「雨巷詩人」美譽。但這並沒有使詩人得到他苦戀的意中人——施蟄存的妹妹施絳年的心。幾經輾轉，施絳年雖同意和他訂婚，但也提出了條件：戴望舒必須留學回來才能結婚。1932年詩人去法國，1935年回國，此時施絳年已嫁作他人婦。詩人痛苦之下，找到施絳年，以一個巴掌結束了自己長達8年的苦戀。1936 年戴望舒與穆時英的妹妹相識並結婚。抗戰爆發後不久，詩人全家去了香港，詩人一邊做抗日宣傳工作，一邊主編文學雜誌。1941年被捕入獄，因此致病。1950年於北京逝世。有詩集《我的記憶》、《望舒草》、《災難的歲月》及譯著等留世。

名作賞析

《雨巷》寫於1927年的夏天，是戴望舒的成名作，也是他的代表作。其時革命失敗的陰雲籠罩著中國大地，詩人只能在惶惶之中看著理想和現實的極端背離；另一方面，詩人居住在好友施蟄存的家中，他深愛著施的妹妹，卻得不到對方任何的回應。壓抑的外部環境和沉鬱的內部心境的交互影響，使詩人唱出了中國現代詩歌的絕唱。

巷子大多在江南，長長的、曲折的，有說不盡的風情，不盡的纏綿。江南的雨更美，柔柔的、迷濛的，或帶著淡漠的愁緒，或含有濃濃的溫情。詩人在這樣的雨巷中走著，獨自「撐著油紙傘」，品味這雨、巷子和寂靜帶來的愁緒、感傷。詩人彷徨著：

……

我希望逢著
一個丁香一樣地
結著愁怨的姑娘。

推薦閱讀

《尋夢者》、《樂園鳥》、
《我用殘損的手掌》

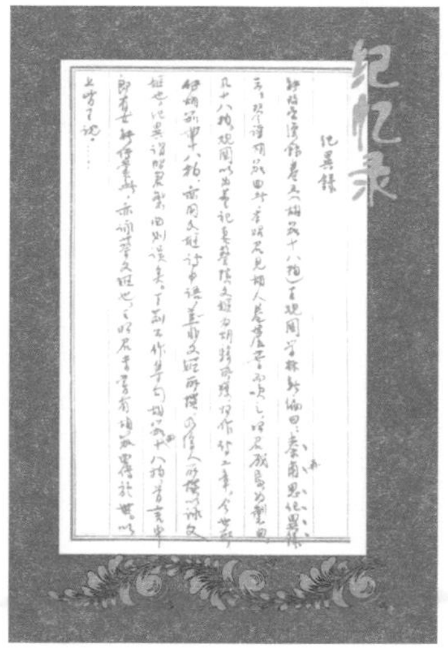

▲**戴望舒手跡。**
戴望舒是中國現代文學史上一位有著突出創作個性和成就的現代派詩人。除詩歌外，他還創作了相當數量的散文、隨筆、評論和譯作等，其行文既不乏詩人的激情，又不無學者的嚴謹。

姑娘來了，帶著丁香般的顏色、丁香般的芬芳和丁香般的憂愁。姑娘和詩人共同走在這寂寥的雨巷，都撐著油紙傘，在彷徨，都帶著說不出的愁怨，說不出的冷漠、淒清和惆悵。姑娘近了，投來一聲莫名的太息，又漸行漸遠了。

這一切都如同夢一樣，淒清迷茫。姑娘離去了，離開這可能產生愛情、產生溫暖的雨巷。雨仍在下，巷子仍是悠長寂寥的雨巷。丁香也逝去了，太息也消散了，連惆悵也變成冰冷、枯寂的惆悵了。

詩人仍在撐著油紙傘，在獨自彷徨。剛才的一幕，是夢還是詩人的情緒，是詩人的想像還是詩人心中的祈願？在詩的結尾，詩人沒有用「希望逢著」，而是用了「希望飄過」。那飄過的一瞬在詩人的心中昇華了，成為一種境界：美。

這首詩將象徵的手法發揮到了極致，詩的意象濃而不結、繁而不亂，可謂環環相扣、絲絲在理：雨的淒清愁怨和巷子的幽微動人、丁香和姑娘、姑娘的惆悵和詩人的彷徨相得益彰。這些共同奏出了低沉而優美的調子，唱出了詩人濃重的失望和彷徨的心緒。可以說，《雨巷》是中國詩歌史上的一個標誌，標誌中國現代派詩歌的成熟；是一個成功的實驗，既很好地吸收了西方詩歌中成功把握和表達現代社會的手法技巧，又很巧妙地融入了中國古典的詩情畫意。

流派溯源

中國現代派，20世紀30年代活躍在中國詩壇上的一個著名詩歌流派，因1932年施蟄存創辦《現代》文學雜誌得名。代表人物有戴望舒、卞之琳等。這派詩歌深受法國象徵主義、英國現代主義詩潮和中國古典詩歌的影響，意象繁豐、內涵豐富，多描寫詩人在現代生活中的內心追尋和失落、沉悶的內心體驗。

你是人間的四月天

◇林徽音

我說你是人間的四月天；
笑響點亮了四面風；輕靈
在春的光豔中交舞著變。

你是四月早天裏的雲煙，
黃昏吹著風的軟，星子在
無意中閃，細雨點灑在花前。

那輕，那娉婷，你是，鮮妍。
百花的冠冕你戴著，你是
天眞，莊嚴，你是夜夜的月圓。

必讀理由

◇ 才華橫溢的女詩人林徽音的代表作
◇ 一曲對人間天上無處不在的愛的讚歌
◇ 展現了新月詩歌的另一番景致

雪化後那片鵝黃，你像；新鮮
初放芽的綠，你是；柔嫩喜悅
水光浮動著你夢期待中白蓮。

你是一樹一樹的花開，是燕
在樑間呢喃，——你是愛，是暖，
是希望，你是人間的四月天！

▲徐志摩像

徐志摩是中國現代新月詩人的代表人物。他早年留學英國期間，與當時在英國留學的才女林徽音相識，兩人都被對方的外表和才華所吸引。徐志摩更是深陷情網，並不惜為此毀棄家庭。雖然最後由於種種原因兩人未能走到一起 ，但兩人之間始終保持著真誠而純潔的友誼，在當時傳為美談。

▲青年時代的林徽音。

▲林徽音像

作者簡介

林徽音（1904—1955），中國現代著名詩人、建築學家。生於浙江杭州的一個書香世家。1920年隨父赴英讀中學，後考入倫敦聖瑪莉學院。同年與徐志摩相識並結爲摯友。1924年和梁思成同往美國留學，習建築學。1927年轉入耶魯大學戲劇學院學舞美。1928年與梁思成在加拿大結婚，後回國任東北大學建築系教授。1931年到北京香山雙清別墅養病，期間寫下了大量的詩歌，不久到中國營造學社供職，經常隨丈夫赴外地考察古建築。1933年與聞一多等創辦《學文》月刊。1937年任朱光潛主編的《文學雜誌》編委。抗戰期間輾轉昆明、重慶等地。解放後參與國徽和人民英雄紀念碑的設計工作，先後任清華大學建築系教授、北京市都市計畫委員會委員兼工程師、建築學會理事。1955年4月病逝於北京。

推薦閱讀

《笑》、《仍然》、《別丟掉》

名作賞析

這首詩發表於1934年的《學文》上，具體的寫作時間不詳。關於這首詩，有兩種說法：一說是爲悼念徐志摩而作，藉以表示對摯友的懷念；一說是爲兒子梁從誡的出生而作，以表達心中對兒子的希望和兒子出生帶來的喜悅。我們完全可以放下這些爭論，因爲，這首詩確實是一篇極爲優秀的作品。它的價值不需要任何外在的東西來支撐。所以在詩人逝世的時候，金岳霖等好友們共同給詩人題了這樣的一副輓聯：「一身詩意千尋瀑，萬古人間四月天。」

四月，一年中的春天，是春天中的盛季。在這樣的季節裏，詩人要寫下心中的愛，寫下一季的心情。詩人要將這樣的春景比作心中的「你」。這樣的季節有著什麼樣的春景呢？

世界帶著點點的笑意，那輕輕的風聲是它的傾訴、它的神韻。它是輕靈的，舞動著光豔的春天，千姿百態。在萬物復甦的天地間，一切都在躍躍欲試地生長，浮動著氤氳的氣息。在迷茫的天地間，雲煙是復甦的景象。黃昏來臨後，溫涼的夜趁著這樣的時機展示自己的嫵媚。三兩點星光有意無意地閃著，和花園裏微微舞動的花朵對語，一如微風細雨中的景象：輕盈而柔美，多姿而帶著鮮豔。圓月升起，天眞而莊重地說著「你」的鄭重和純淨。

這樣的四月，該如蘇東坡筆下的江南春景：「竹外桃花三兩枝，春江水暖鴨先知。蔞蒿滿地蘆芽短，正是河豚欲上時。」那鵝黃，是初放的生命；那綠色，蘊含著無限的生機。那柔嫩的生命，新鮮的景色，在這樣的季節裏泛著神聖的光。這神聖和佛前的聖水一樣，明淨、澄澈；和佛心中的白蓮花一樣，美麗、帶著愛的光輝。這樣的季節裏，「你」已經超越了這樣的季節：「你」是一樹一樹的花開，是伴春飛翔的燕子，美麗輕靈的，帶著愛、溫暖和希望。

▲林徽音與梁思成。

這首詩的魅力和優秀並不僅僅在於意境的優美和內容的純淨，還在於形式的純熟和語言的華美。詩中採用重重疊疊的比喻，意象美麗而絲毫無雕飾之嫌，反而愈加襯出詩中的意境和純淨——在華美的修飾中更見清新自然的感情流露。在形式上，詩歌採用新月詩派的詩美原則：講求格律的和諧、語言的雕塑美和音律的樂感。這首詩可以說是這一原則的完美體現，詞語的跳躍和韻律的和諧幾乎達到了極致。

大堰河——我的保姆

◇艾青

大堰河，是我的保姆。
她的名字就是生她的村莊的名字，
她是童養媳，
大堰河，是我的保姆。

我是地主的兒子，
也是吃了大堰河的奶而長大了的
大堰河的兒子。
大堰河以養育我而養育她的家，
而我，是吃了你的奶而被養育了的，
大堰河啊，我的保姆。

必讀理由

◇ 中國白話新詩的經典之一
◇ 艾青的成名作
◇ 茅盾曾給予高度評價
◇ 被譯成多國文字，在國外廣泛流傳

▲舊時江浙一帶的農村風光。

大堰河，今天我看到雪使我想起了你：
你的被雪壓著的草蓋的墳墓，
你的關閉了的故居簷頭的枯死的瓦扉，
你的被典押了的一丈平方的園地，
你的門前的長了青苔的石椅，
大堰河，今天我看到雪使我想起了你。
你用你厚大的手掌把我抱在懷裏，撫摸我，
在你搭好了灶火之後，
在你拍去了圍裙上的炭灰之後，
在你嘗到飯已煮熟了之後，
在你把烏黑的醬碗放到烏黑的桌子上之後，
在你補好了兒子們的，爲山腰的荊棘扯破的衣服之後，
在你把小兒被柴刀砍傷了的手包好之後，
在你把夫兒們的襯衣上的蝨子一顆顆的掐死之後，
在你拿起了今天的第一顆雞蛋之後，
你用你厚大的手掌把我抱在懷裏，撫摸我。

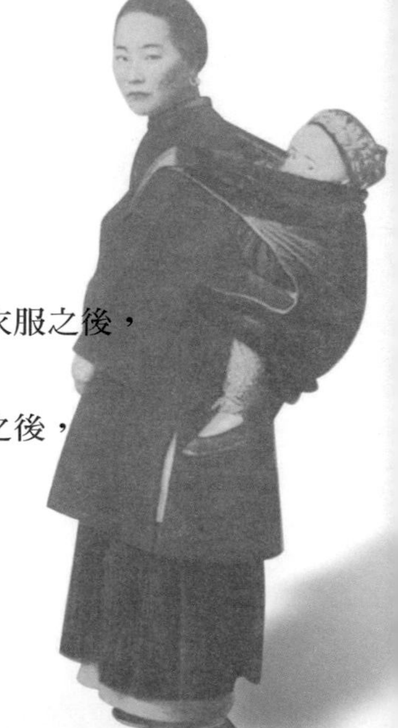

▼舊時的保姆
舊時的中國農村，許多貧困家庭的婦女為生活所迫，到富人家去當保姆。她們用自己的乳汁，血汗哺育了富人家的子女，飽受欺凌，但所得甚少，仍然過著艱辛的生活。這種現象在當時中國南方農村表現得特別明顯。

我是地主的兒子，
在我吃光了你大堰河的奶之後，
我被生我的父母領回到自己的家裏。
啊，大堰河，你爲什麼要哭？

我做了生我的父母家裏的新客了！
我摸著紅漆雕花的傢俱，
我摸著父母的睡床上金色的花紋，
我呆呆地看著簷頭的寫著我不認得的「天倫敘樂」的匾，
我摸著新換上的衣服的絲的和貝殼的鈕扣，
我看著母親懷裏的不熟識的妹妹，
我坐著油漆過的安了火缽的炕凳，
我吃著研了三番的白米的飯，
但，我是這般忸怩不安！因爲我
我做了生我的父母家裏的新客了。

▲舊時的保姆所承受的生活重擔是常人難以想像的。她們一方面要養活自家的孩子，奔忙於家中與田地之間，另一方面還要哺育富人家的孩子，為富人家做家務，洗衣、做飯、餵牲口、曬麥……

大堰河，爲了生活，
在她流盡了她的乳液之後，
她就開始用抱過我的兩臂勞動了；
她含著笑，洗著我們的衣服，
她含著笑，提著菜籃到村邊的結冰的池塘去，
她含著笑，切著冰屑悉索的蘿蔔，
她含著笑，用手掏著豬吃的麥糟，
她含著笑，扇著燉肉的爐子的火，
她含著笑，背著團箕到廣場上去曬好那些大豆和小麥，

大堰河，爲了生活，
在她流盡了她的乳液之後，
她就開始用抱過我的兩臂，勞動了。

大堰河，深愛著她的乳兒，
在年節裏，爲了他，忙著切那冬米的糖，
爲了他，常悄悄地走到村邊的她的家裏去，
爲了他，走到她的身邊叫一聲「媽」，
大堰河，把他畫的大紅大綠的關雲長貼在灶邊的牆上，
大堰河，會對她的鄰居誇口讚美她的乳兒；
大堰河曾做了一個不能對人說的夢：
在夢裏，她吃著她的乳兒的婚酒，
坐在輝煌的結彩的堂上，
而她的嬌美的媳婦親切地叫她「婆婆」
　　……
大堰河，深愛她的乳兒！

大堰河，在她的夢沒有做醒的時候已死了。
她死時，乳兒不在她的旁側，
她死時，平時打罵她的丈夫也爲她流淚，
五個兒子，個個哭得很悲，
她死時，輕輕的呼著她的乳兒的名字，
大堰河，已死了，
她死時，乳兒不在她的旁側。

▶挑著擔子走向田間的舊時保姆。
舊時的保姆，以自己柔弱的雙肩承起了生活的重擔，在她們襤褸的衣著、憔悴的面容之下，隱藏著一顆堅強的心，一顆承受各種苦難、向不幸命運和黑暗世道抗爭的心。

▲浙江私立育德中學舊址。
少年時的艾青曾在此讀書。

大堰河，含淚的去了！
同著四十幾年的人世生活的凌侮，
同著數不盡的奴隸的淒苦，
同著四塊錢的棺材和幾束稻草，
同著幾尺長方的埋棺材的土地，
同著一手把的紙錢的灰，
大堰河，她含淚的去了。

這是大堰河所不知道的：
她的醉酒的丈夫已死去，
大兒做了土匪，
第二個死在炮火的煙裏，
第三，第四，第五
在師傅和地主的叱罵聲裏過著日子。
而我，我是在寫著給予這不公道的世界的咒語。
當我經了長長的漂泊回到故土時，
在山腰裏，田野上，
兄弟們碰見時，是比六七年前更要親密！
這，這是為你，靜靜的睡著的大堰河
所不知道的啊！

大堰河，今天，你的乳兒是在獄裏，
寫著一首呈給你的讚美詩，
呈給你黃土下紫色的靈魂，
呈給你擁抱過我的直伸著的手，
呈給你吻過我的唇，
呈給你泥黑的溫柔的臉顏，
呈給你養育了我的乳房，
呈給你的兒子們，我的兄弟們，
呈給大地上一切的，
我的大堰河般的保姆和她們的兒子，
呈給愛我如愛她自己的兒子般的大堰河。

▲青年時代的艾青
成年後的艾青，成了封建家庭的叛逆者，他的思想散發著人道主義的光芒，血管裏流著人民的血液，他將自己的一生奉獻給了他深愛著的人民大衆。

大堰河，
我是吃了你的奶而長大了的
你的兒子，
我敬你
愛你！

作者簡介

艾青（1910—1996），原名蔣海澄，浙江金華人，中國20世紀著名詩人。出生在一個地主家庭，因算命先生推算說其「命相」不好，家中將他送到貧困農婦「大葉荷」（即大堰河）家中撫養。大堰河對詩人疼愛備至，她的純樸和憂鬱深深感染了詩人，對詩人的創作產生了極大的影響。5歲時，詩人回到自己的家中，入私塾學習。1928年考入杭州國立西湖藝術院繪畫系，次年在林風眠的鼓勵下到法國學習，1932年初回國。不久詩人因加入「左翼美術家聯盟」被捕，以「宣傳與三民主義不相容主義」罪被判入獄6年。在獄中他寫下了著名的《大堰河——我的保姆》一詩。1935年，詩人出獄。1941年到達延安，歷任魯迅藝術文學院教師、華北聯合大學文藝學院副院長等職務。建國後歷任《人民文學》副主編、中國作協副主席等職。1958年，詩人被錯劃爲右派，在農場勞動了20年，1978年回歸詩壇。1980年出版詩集《歸來的歌》。1996年詩人病逝於北京。

▲艾青像

名作賞析

這首詩寫於1932年的冬日。當時的詩人因參加「左翼美術家聯盟」被國民黨逮捕，被關押在看守所中。據詩人自述，寫這首詩時是在一個早晨，一個狹小的看守所視窗、一片茫茫的雪景觸發了詩人對保姆的懷念，詩人激情澎湃地寫下了這首詩。詩幾經輾轉，於1934年發表。詩人第一次使用了「艾青」這個筆名，並且一躍成爲中國詩壇上的明星。

詩中的大堰河確有其人，其故事也都是眞實的。也就是說，詩人完全按照事實，寫出了詩人心中對保姆的眞切感情。然而，這首詩又不是在寫大堰河：她成了一個象徵，大地的象徵，一個中國土地上辛勤勞動者的象徵，一個偉大母親的象徵。大堰河並沒有名字，大堰河只是一個地名，是生她的地方。大堰河是普通的。她的生活中都是些平常普通的小事，那是她苦難生活的剪影。她的生活空間是有「枯死的瓦扉」的故居，是「被典押了的一丈平方的園地」，死後也只是「草蓋的墳墓」。她的生活是「烏黑的醬碗」，是「爲兒子縫補被荊棘扯破了的衣服」，是在冰冷的河裏洗菜、切菜。她的兒子、丈夫都在她的照料下過著相對安穩的生活。在她死後，他們就失去了這些，他們在炮火中，在地主的臭罵聲中活著。她的形象，同時也是那些和土地連在一起的勞動人民的形象。他們都植根在大地上，都有著勞動者的偉大品質。

大堰河並不是沒有快樂，那快樂是偉大母親的慈愛和對乳兒深深的愛。在勞累了一天之後，她從沒有忘記來抱「我」，撫摸「我」，在「我」離開她時，她還在誇讚「我」，還想著「我」的結婚……大堰河同樣愛著她的兒子和丈夫。她死時，他們都哭得很悲傷。大堰河，一個偉大的母親形象。

全詩不押韻，各段的句數也不盡相同，但每段首尾呼應，各段之間有著強烈的內在聯繫；詩歌不追求詩的韻腳和行數，但排比的恰當運用，使諸多意象繁而不亂，統一和諧。這些使得詩歌流暢淺易，並且蘊蓄著豐富的內容。詩人善於從平凡的生活中提煉出典型的意象，以散文似的詩句譜寫出強烈的節奏。詩歌具有一種奔放的氣勢，優美流暢的節奏，表達了詩人來不可遏、去不可止的感情，完美體現了艾青的自由詩體風格。

推薦閱讀

《復活的土地》、《雪落在中國的土地上》、《北方》

艾青詩集《大堰河》初版封面。

詩歌《大堰河——我的保姆》即選自《大堰河》。在該詩中，艾青以赤誠的感情，讚美了養育自己的大堰河，為她一生淒苦的命運抒發悲憤與不平，傾注了對被侮辱和被損害的勞動者的深切關懷。

預言

◇何其芳

這一個心跳的日子終於來臨！
呵，你夜的歎息似的漸近的足音，
我聽得清不是林葉和夜風私語，
麋鹿馳過苔徑的細碎的蹄聲！
告訴我，用你銀鈴的歌聲告訴我，
你是不是預言中的年輕的神？

你一定來自那溫鬱的南方！
告訴我那裏的月色，那裏的日光！
告訴我春風是怎樣吹開百花，
燕子是怎樣癡戀著綠楊！
我將合眼睡在你如夢的歌聲裏，
那溫暖我似乎記得，又似乎遺忘。

必讀理由

- 中國白話新詩的經典之一
- 何其芳的成名作
- 發表時引起廣泛轟動
- 青年人必讀的愛情詩

美麗的青春，溫馨的時光。在多夢的季節裏，彈奏出心底深藏的小曲，播下愛情和希望的種子……

請停下你疲勞的奔波，
進來，這裏有虎皮的褥你坐！
讓我燒起每一個秋天拾來的落葉，
聽我低低地唱起我自己的歌！
那歌聲像火光一樣沉鬱又高揚，
火光一樣將我的一生訴說。

不要前行！前面是無邊的森林：
古老的樹現著野獸身上的斑紋，
半生半死的藤蟒一樣交纏著，
密葉裏漏不下一顆星星。
你將怯怯地不敢放下第二步，
當你聽見了第一步空寥的回聲。

一定要走嗎？請等我和你同行！
我的腳步知道每一條熟悉的路徑，
我可以不停地唱著忘倦的歌，
再給你，再給你手的溫存！
當夜的濃墨遮斷了我們，
你可以不轉眼地望著我的眼睛！

我激動的歌聲你竟不聽，
你的腳竟不爲我的顫抖暫停！
像靜穆的微風飄過這黃昏裏，
消失了，消失了你驕傲的足音！
呵，你終於如預言中所說的無語而來，
無語而去了嗎，年輕的神？

▲何其芳詩集《預言》封面。
上海文藝出版社1982年12月出版。

作者簡介

▲何其芳像

何其芳（1912—1977），原名何永芳，四川萬縣人，中國現代詩人、散文家、文學研究家。1929年入上海中國公學預科學習。1931年後就讀於北京大學哲學系，課餘沉浸於文學書籍之中，發表了不少詩歌和散文。1936年，他與卞之琳、李廣田的詩歌合集《漢園集》出版，受到文壇注意。他的散文集《畫夢錄》出版後，曾獲《大公報》文藝獎金。大學畢業後他到天津、山東、四川等地教書。1938年赴延安，任魯迅藝術學院文學系主任。新的生活使何其芳寫出了《我歌唱延安》等散文和《生活是多麼廣闊》等詩篇，謳歌革命，禮讚光明，傳誦一時。1944年以後被派往重慶工作，任《新華日報》社副社長等職。1948年年底開始在馬列學院（即高級黨校）任教。建國後詩人曾任文學研究所副所長和所長、《文學評論》主編、中國作家協會書記處書記等職。其作品除上面提到的外，還有詩集《預言》、《夜歌》（後改名《夜歌和白天的歌》），作品集《刻意集》，散文集《還鄉雜記》、《星火集》及其續編等。

名作賞析

《預言》是何其芳的成名作，寫於1931年秋天，其時詩人才19歲。詩開始收入《漢園集》，是其中題爲《燕泥集》的首篇。1945年詩人出版了自己的第一個詩集，又收入這首詩，並且以此詩作爲集子的名稱。

《預言》是一首愛情詩，抒寫了詩人一段珍貴的感情經歷。全詩共分6節，以「年輕的神」的蹤跡爲線索來抒寫，剖白式地傾訴了詩人每一刻的癡情。詩人心中的愛神形象是光彩動人的，詩人深深地眷戀著她，充滿柔情地想像著它的到來，熱情讚美它的美麗，同時也傾訴失去它的惆悵。想

推薦閱讀

《愛情》、《生活是多麼廣闊》、《我為少男少女們歌唱》

見時，「年輕的神」那「夜的歎息似的」足音，輕柔、飄忽，而詩人卻憑著自己細膩的感觸，將它從「林葉和夜風的私語」和「麋鹿馳過苔徑的細碎的蹄聲」中辨認出來，詩人盼望「年輕的神」的心情是何等的熱切，迎候是何等的專注。相見後，詩人熱烈讚美「年輕的神」所生活過的光明、溫暖和多情的世界，表達了自己由衷的傾慕之情。詩人祈求「年輕的神」不要離開自己，「前行」到那陰森恐怖、黑暗和空寂的地方去。可是「年輕的神」似乎並不了解詩人的心情，她執意要走。儘管如此，詩人也願意爲它引路，要在陰森黑暗的路途中給它撫慰、溫暖和力量。最後，「年輕的神」終於走了，那腳步聲竟「像靜穆的微風飄過這黃昏裏」悄悄地消失了、「年輕的神」從那美麗、溫鬱的南方而來，卻走向了恐怖死寂的森林中去，從光明到黑暗，並不美滿。它的輕飄而來使詩人激動得「心跳」，而它的無語而去卻給詩人留了淒清的哀怨，給詩人留下了深深的惆悵。

何其芳喜歡在回憶和夢幻中尋找美。他的詩總是在淡淡的哀怨中透出一些歡快的色彩。詩中沒有著意刻畫「年輕的神」的形象，作者捕捉的是「一些在剎那間閃出金光的」心靈的語言，「省略去那些從意象到意象之間的鏈鎖」，給讀者留下了豐富的想像的天地，使詩有一種寧靜、柔婉的朦朧美。

古國歡騰轉少年
春來百卉盡爭妍
情知種樹人辛苦
綠葉成陰滿陌阡

一九六三年四月爲北京師範大學附屬女子中學從事工作三十年以上教職工慶祝大會作 何其芳

▲何其芳手跡。

這首詩的語言富於音樂性，六行大體押韻，每行的節頓又大體相等，讀起來使人產生平和愉快的感覺。詩句本身的節奏又和情緒的抑揚頓挫相協調，從而產生了撥動心弦的音樂效果。正因爲如此，這首詩發表後，在讀者中間產生了廣泛的影響，深受廣大青年讀者的喜愛，許多人將它背得滾瓜爛熟，時常吟誦。直到今天，這首詩仍然散發著動人的魅力。

航

◇辛笛

帆起了
帆向落日的去處
明淨與古老
風帆吻著暗色的水
有如黑蝶與白蝶

明月照在當頭
青色的蛇
弄著銀色的明珠
桅上的人語
風吹過來
水手問起雨和星辰

從日到夜
從夜到日
我們航不出這圓圈
後一個圓
前一個圓
一個永恆
而無涯的圓圈

將生命的茫茫
脫卸與茫茫的煙水

◇ 中國白話新詩的經典之一
◇「九葉詩人」之一辛笛的成名作
◇ 發表後迴響熱烈，在國內外廣泛流傳

作者簡介

▲辛笛像

辛笛（1912— 2004），中國現代詩人，作家，「九葉詩人」之一。原名王馨迪，後改爲王心笛，筆名心笛、一民、辛笛等。祖籍江蘇淮安，生於天津市。早年在清華大學任文藝編輯，並在北平藝文中學、貝滿女子中學任教。後赴英國愛丁堡大學研習英語，回國後曾任上海光華大學、暨南大學教授。從學生時代起，詩人即開始在天津《文學季刊》、《北京晨報》、上海《新詩》等報刊上發表詩文和譯作。1935年，他的第一本新詩集《珠貝集》在北京出版。抗日戰爭勝利後，詩人當選爲中華全國文協候補理事兼秘書，並爲詩歌音樂工作者協會上海分會負責人之一。1947年，詩人的新詩集《手掌集》出版。翌年其散文評論集《夜讀書記》出版。1949年7月參加中華全國第一次文代會，爲中國作家協會會員和作協上海分會理事。解放後詩人歷任上海工業局秘書科科長、中央輕工業部華東辦事處辦公室副主任、上海食品工業公司副經理，還兼任民盟上海市委委員、外國文學會會員、上海市政協特約編譯等職。

名作賞析

《航》是辛笛的成名作。寫於1934年８月。那時的辛笛是清華大學外文系三年級學生。在假期裏他坐船出海旅行。第一次航海令他激動不已。他久久地站在甲板上：大海是那樣的遼闊，又是那樣的深沉。詩人年輕的心充滿了新鮮的印象，也泛起「不識愁滋味」的一絲惆悵。他邊觀看海上景色，邊輕輕吟哦，即刻揮毫寫下了《航》一詩。詩發表在當時《大公報》的《文藝副刊》上，1935年收入辛笛和其弟辛谷合出的第一本詩集《珠貝集》內。

在一個晚霞滿天的黃昏，一艘帆船升起了帆，向遠方的落日處駛去。這帆船，如同一位行走在人生征程上的行者；這航程，好似那漫無際涯的人生路程。送帆遠行、與帆作伴的是海水，那「明淨而古老」的海水。帆也深知，只有與海水緊密相依，才能沉穩、平安地駛向目

推薦閱讀

《手掌》、《潮音和貝》

▲**辛笛詩集《手掌集》封面。**
1988年上海書店出版。詩歌《航》即出自《手掌集》。

的地。這也寓意著：一個人如果耽於幻想，脫離了他所生存的土地、社會現實，他的人生之舟將會擱淺，寸步難行。

一輪玉盤似的月亮升起來了，皎潔的月光灑在桅上、帆上、船上、人身上，這夜色是多麼美好。然而漫漫航程有風平浪靜的時刻，也有風雨飄搖的日子，「風吹過來，水手問起雨和星辰」。這漫漫航程與人生征途是何等相似，從白天到黑夜，從黑夜到白天，人們在圓圈似的旅途上跋涉著，一個圓連著一個圓，沒有盡頭，茫無邊際。面對茫茫人生，詩人不禁感歎了：將自己茫茫的生命，「脫卸於茫茫的煙水」，與海水融和在一起，獲得永恆的憩息與生存。

全詩借助比喻、擬人、象徵手法，營造了一個生動透明的意象，在此基礎上將客觀的物象描述與主觀的情感抒發緊密結合起來，語言簡練，節奏緊湊，樸實的詩風中蘊含著深刻的人生哲理，頗具表現力。《航》發表後獲得了廣大讀者的喜愛和好評。愛詩的青年人競相傳閱轉抄，更沒想到的是千里姻緣一詩牽，一對男女青年因爲都喜歡這首詩而相愛起來。旅美詩人葉維廉將此詩譯成了英文，加拿大詩人聯盟主席亨利·拜塞爾教授也曾將此詩翻譯成英文，加以發表，於是它又在海外詩歌愛好者中間先後流傳開來。

流派溯源

「九葉」詩派，20世紀40年代後期出現的中國詩歌流派，又名「新現代派」。1979年，江蘇人民出版社擬議出版辛笛、陳敬容、杜運燮、杭約赫、鄭敏、唐祈、唐湜、袁可嘉和穆旦九位詩人的作品，辛笛提議：我們九個人就叫「九葉」吧—因為我們不能成為花。「九葉」詩派從此得名。這一詩派的特點是將中國古典詩歌的藝術手法轉化為蘊藉含蓄、清新雋永的現代詩風。

鄉愁

◇余光中

小時候
鄉愁是一枚小小的郵票
我在這頭
母親在那頭

長大後
鄉愁是一張窄窄的船票
我在這頭
新娘在那頭

後來啊
鄉愁是一方矮矮的墳墓
我在外頭
母親啊在裏頭

而現在
鄉愁是一灣淺淺的海峽
我在這頭
大陸在那頭

必讀理由

◇ 鄉愁詩人余光中的代表作
◇ 反映了海峽兩岸數代人的團圓心聲
◇ 在海內外廣泛流傳

作者簡介

▲余光中像

余光中（1928－　），福建永春人，臺灣當代著名詩人。出生在中國傳統的重陽節，父親是一名國民黨政府官員。抗戰期間，舉家搬到重慶。1947年詩人同時考取北京大學和金陵大學，由於不想離開母親，詩人選擇了後者。1949年轉入廈門大學。1950年隨全家前往臺灣。1951年，詩人得到梁實秋的指點。1952年詩人從台大畢業，出版其第一部詩集《舟子的悲歌》，迴響不大。次年，進部隊擔任編譯官。1956年，詩人退役，開始在一些學校教書，同時主編《藍星》等文學雜誌；同年9月詩人與表妹范我存結婚。1958年、1966年，詩人兩次前往美國。1974年，詩人前往香港教書，1981年和黃藥眠、辛笛等詩人會晤，相互間作了親切的交流。1992年，他終於盼到了他日思夜想的一天，他與妻子一道，回到家鄉故土。詩人的作品除上面提到的外，還有《藍色的羽毛》、《白玉苦瓜》、《隔水觀音》及散文集《逍遙遊》等。

推薦閱讀

《白玉苦瓜》、《等你，在雨中》、《鐘乳石》

名作賞析

鄉愁，在中國的詩歌史上是成千上萬首詩表現的主題。然而，將之作爲一個長期寫作的主題，在中國文學史上，余光中恐怕還是第一人。在他眾多寫鄉愁的詩中，《鄉愁》一詩毫無疑問是流傳最廣、最爲委婉動人的一首。

那一寸見方的郵票承載了詩人小時候的依戀，在互通音訊中詩人獲得了母親的安慰。一張窄窄的船票承載了詩人對愛人的相思和依偎；在來來往往中，詩人塡補了感情的缺口，其中滋味自在不言中。一抔黃土割斷了詩人和母親的相見。詩人的心歸往何處？那鄉愁竟是不能圓的夢了！「這頭」和「那頭」終於走向了沉重的分離，詩人的心一下子沉入了深深的黑暗裏。

鄉愁

余光中

小时候
鄉愁是一枚小小的郵票
我在這頭
母親在那頭

長大後
鄉愁是一張窄窄的船票
我在這頭
新娘在那頭

後來啊
鄉愁是一方矮矮的墳墓
我在外頭
母親在裏頭

而現在
鄉愁是一灣淺淺的海峽
我在這頭
大陸在那頭

▲余光中的詩《鄉愁》手跡

詩人在這強烈的情感中轉入對現在的敘述。現在，那灣淺淺的海峽，竟成了一個古老民族的深深傷痕，也是詩人心中的傷痕，是和詩人一樣的千千萬萬中華子孫的傷痕。詩的意境在這裏突然得到了昇華。那鄉愁已不僅僅是詩人心中的相思和苦悶，它還是千千萬萬中華兒女的相思和苦悶。詩歌由此具有了一種深層的象徵意義。那母親難道不是祖國的象徵？那情人難道不是詩人的自喻？

詩人在大千世界之中，精練地提取了幾個單純的意象：郵票、船票、墳墓、海峽。這些意象和「這」、「那」簡單的詞融合在一起，將彼此隔離的人、物、時間和空間緊緊聯繫在一起，若有若無的距離和聯繫，給那些整日在相思、別離和相聚間奔波的人們一種強烈的共鳴，給人們一種難以言表的哀愁和歡欣。正如詩人所言：「縱的歷史感，橫的地域感。縱橫相交而成十字路口的現實感」，詩歌以時間的次序爲經，以兩地的距離爲緯，在平鋪直敘中自有一種動人心魄的魅力，引起人們無限的哀愁，無盡的相思。

詩歌在藝術上呈現出結構上的整飾美和韻律上的音樂美：在均勻、整齊的句式中追求一種活潑、生機勃勃的表現形式；在恰當的意象組合中完美地運用了詞語的音韻，使詩歌具有一種音樂般的節奏，迴旋往復，一唱三歎。詩人就是用自己眞實的感受，用音樂般的語言唱出了心中對祖國和祖先的深深眷戀之情。這種融合了中國傳統審美特徵的現代詩風在臺灣引起了很大的迴響。可以說，余光中的詩使得臺灣詩壇的現代詩臻於成熟。

▲1951年2月，余光中與父母在臺北同安街寓所前的合影。

錯誤

◇鄭愁予

我打江南走過
那等在季節裏的容顏如蓮花的開落

東風不來，三月的柳絮不飛
你的心如小小的寂寞的城
恰若青石的街道向晚
跫音不響，三月的春帷不揭
你的心是小小的窗扉緊掩

我達達的馬蹄是美麗的錯誤
我不是歸人，是個過客……

必讀理由

◇ 鄭愁予的代表作
◇ 一個美麗的愛情錯誤
◇ 深受廣大青年讀者喜愛，流傳廣泛

▲鄭愁予像

作者簡介

鄭愁予（1933— ），原名鄭文滔，河北人，臺灣當代詩人。其父爲國民黨軍官，詩人青少年時期隨父親奔走於戰場中，在炮火聲中度過。1949年詩人去臺灣，1955年服役。1958年畢業於中興大學商學院，在基隆港務局任職。詩人從15歲就開始發表詩歌，1956年參與創立現代派詩社，任《現代派》刊物編輯。1968年到美國愛荷華大學學習，畢業獲碩士學位並留校任講師。後任耶魯大學教授。1965年，詩人停止寫作，到20世紀80年代才重操詩筆。有詩集《夢土上》、《衣缽》、《寂寞的人坐著看花》等。詩人有「中國的中國詩人」稱號，其詩風深受宋詞風格的影響。

名作賞析

推薦閱讀

《歸航曲》、《風雨憶》、《最後的春闈》、《情婦》

鄭愁予的詩和他的名字一樣，輕巧又帶著深深的愁怨，婉轉而藏著一份訴說的衷情。「青山遮不住，畢竟東流去！江晚正愁予，山深聞鷓鴣。」這是辛棄疾的詞，何等的空寥，何等的愁怨？同時，這正是詩人詩的意境。

在詩的開頭，詩人說：「我打江南走過。」簡單的「江南」二字，一下子就將人們帶入充滿詩情畫意的境地——那濛濛的煙雨，那翠綠的河岸和靈秀的山水，當然還有深閨和那思念的人兒。然而，詩人心中的江南是消瘦的江南，留下的風景已經變換了數旬，已經如蓮花，在開開落落之間只剩下了一支乾枯的荷梗。

這是怎樣的季節呢？該是春季吧，早春，一切都在焦急的等待中。東風滯留在遙遠的地方，柳絮在柔柔的柳枝中沉沉睡去，不管人間的等待和夢。在這樣的季節裏，在江南那小小的城市的閣樓中，婦人的心扉緊閉，如幽深的青石小巷，籠罩在氤氳的暮色中，寂寞中伴著深深的愁思。

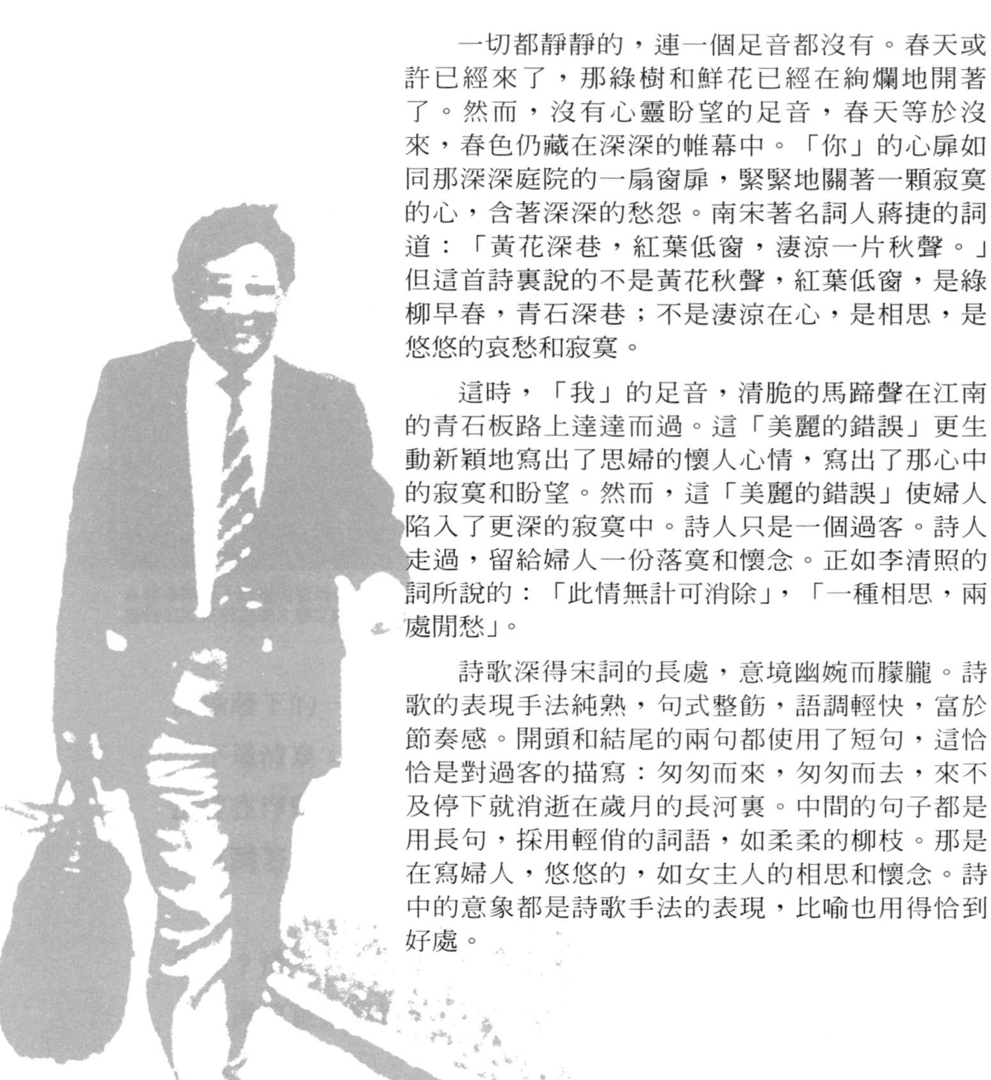

一切都靜靜的，連一個足音都沒有。春天或許已經來了，那綠樹和鮮花已經在絢爛地開著了。然而，沒有心靈盼望的足音，春天等於沒來，春色仍藏在深深的帷幕中。「你」的心扉如同那深深庭院的一扇窗扉，緊緊地關著一顆寂寞的心，含著深深的愁怨。南宋著名詞人蔣捷的詞道：「黃花深巷，紅葉低窗，淒涼一片秋聲。」但這首詩裏說的不是黃花秋聲，紅葉低窗，是綠柳早春，青石深巷；不是淒涼在心，是相思，是悠悠的哀愁和寂寞。

這時，「我」的足音，清脆的馬蹄聲在江南的青石板路上達達而過。這「美麗的錯誤」更生動新穎地寫出了思婦的懷人心情，寫出了那心中的寂寞和盼望。然而，這「美麗的錯誤」使婦人陷入了更深的寂寞中。詩人只是一個過客。詩人走過，留給婦人一份落寞和懷念。正如李清照的詞所說的：「此情無計可消除」，「一種相思，兩處閒愁」。

詩歌深得宋詞的長處，意境幽婉而朦朧。詩歌的表現手法純熟，句式整飭，語調輕快，富於節奏感。開頭和結尾的兩句都使用了短句，這恰恰是對過客的描寫：匆匆而來，匆匆而去，來不及停下就消逝在歲月的長河裏。中間的句子都是用長句，採用輕俏的詞語，如柔柔的柳枝。那是在寫婦人，悠悠的，如女主人的相思和懷念。詩中的意象都是詩歌手法的表現，比喻也用得恰到好處。

▲臺灣當代著名詩人鄭愁予。
鄭愁予的詩風深得宋詞的精髓，風格幽婉朦朧，其名詩《錯誤》典型地反映了這一風格，深受海峽兩岸廣大青年男女的喜愛。

致橡樹

◇舒婷

我如果愛你——
絕不像攀援的凌霄花，
借你的高枝炫耀自己；
我如果愛你——
絕不學癡情的鳥兒，
為綠蔭重覆單調的歌曲；
也不止像泉源，
常年送來清涼的慰藉；
也不止像險峰，
增加你的高度，襯托你的威儀。
甚至陽光。
甚至春雨。
不，這些都還不夠！
我必須是你近旁的一株木棉，
做為樹的形象和你站在一起。
根，緊握在地下，
葉，相觸在雲裏。
每一陣風過，

必讀理由

- 中國朦朧詩的代表作之一
- 舒婷的代表作之一
- 以新奇的意象表達了一種嶄新的愛情觀

▲舒婷與丈夫在國外的留影。

我們都互相致意，
但沒有人
聽懂我們的言語。
你有你的銅枝鐵幹
像刀，像劍，
也像戟；
我有我紅碩的花朵，
像沉重的歎息，
又像英勇的火炬。
我們分擔寒潮、風雷、霹靂，
我們共用霧靄、流嵐、虹霓；
彷彿永遠分離，
卻又終身相依。
這才是偉大的愛情，
堅貞就在這裏：
愛——
不僅愛你偉岸的身軀，
也愛你堅持的位置，足下的土地。

作者簡介

舒婷（1952— ），原名龔佩瑜，福建漳州人，中國當代著名詩人。詩人從小對書情有獨鍾，在書中詩人找到了無窮的樂趣。和很多同齡人一樣，詩人也經歷了上山下鄉的波折，1968年，詩人在閩西的一個落後山村插隊，接受貧下中農再教育。在那裏，詩人開始練習寫作，主要用日記、書信記錄下心中每一天的思想和情感。1971年，詩人發表第一篇作品《寄杭城》。1972年，詩人回城，開始新的生活。1975年，詩人開始從事染紗工、檔車工等工作；同年與蔡其矯相識，受到了蔡的教導和鼓勵。1977年初，她讀到了北島的詩歌，深受啓發。不久，詩人加入《今天》編輯部，站在了當時中國詩歌的前沿，成爲中國當代詩歌的開創者之一。與其他的「朦朧詩人」一樣，詩人的詩歌也受到了不公正的批評。然而詩人並沒有放下詩筆，而是堅持自己的理想繼續從事詩歌創作，最終，她與其他朦朧詩人一起，獲得了世人的認可。1981年，詩人的長詩《會唱歌的鳶尾花》發表。

▲舒婷像

名作賞析

這是一首愛情詩，詩人以橡樹爲對象傾訴了自己的愛情和愛情的熱烈、誠摯和堅貞。詩中的橡樹毫無疑問不是一個具體的對象，而是詩人理想中的形象，是詩人心目中的情人象徵。因此，這首詩一定程度上又不是單純傾訴自己的熱烈愛情，而是要表達一種愛情的理想和信念，通過具體可感的形象來表達。

推薦閱讀

《祖國啊，我親愛的祖國》、《會唱歌的鳶尾花》、《雙桅船》、《神女峰》

首先，橡樹是高大的，有威儀的，有著豐富的內涵——那綠蔭就是一種意指。詩人不願要附庸的愛情，不願作攀援在大樹上的凌霄花，依附在橡樹的高枝上而沾沾自喜。詩人也不願要奉獻的愛情，不願作整日爲綠蔭鳴唱的小鳥，不願作無私的泉源，不願作支撐橡樹的高大山峰。詩人不願在這樣的愛情中喪失自己。詩人要怎樣的愛情呢？

詩人要的是那種兩人比肩站立，共同迎接生活中風風雨雨的愛情。詩人將自己比喻爲一株木棉，在橡樹近旁和橡樹並排站立的一株木棉。兩棵

▲舒婷在國外的留影。
舒婷是中國當代朦朧詩人的代表人物之一，她的詩於溫柔中透著堅強、徘徊中含著執著、朦朧中顯著清新，透射出女性心靈特有的細膩、敏銳、堅韌的特質。

樹的根和葉緊緊相連。詩人愛情的堅定並不比古人「在天願做比翼鳥，在地願爲連理枝」遜色。它們就那樣靜靜地站著。有風吹過，它們擺動一下枝葉，相互致意，便心心相通了。那是他們兩人的言語，是心靈的契合，是無語的會意。

二人就這樣站著，兩棵堅毅的樹，兩個新鮮的生命，兩顆高尚的心。一個像士兵，每一個枝幹都隨時準備承受來自外面的襲擊；一個是熱情的生命，開著紅碩的花朵，願意在他戰鬥時爲其照亮前程。他們共同分擔外面的威脅，承擔任何困境；同樣，他們共用人生的美麗，大自然的壯麗風景。

詩人要的就是這樣的偉大愛情，有共同的偉岸和高尚，有共同的土地。他們互相愛著，紮根於同一塊根基上。

詩歌以新奇的意象、貼切的比喻表達了詩人心中理想的愛情觀。詩中的比喻和奇特的意象組合都代表了當時的詩歌新形式，具有開創性意義。另外，儘管詩歌採用了新奇的意象，但詩的語言並不像很多當時的批評家所說的難懂晦澀，而是具有口語化的特徵，新奇中帶著一種清新的靈氣。

流派溯源

朦朧派，20世紀80年代在中國出現的詩歌流派。因他們的詩歌都採用新奇的意象和豐富的象徵意義，詩意內涵豐富，很多人不能理解，稱之為「朦朧派」（本為貶低之詞）。他們的詩歌以描述詩人內心的主觀感受為主，準確表達了那一代年輕人的心靈感受和當時中國的現實狀況。在詩歌形式上，他們都主張用新奇的意象和新鮮的詞語打破舊有的詩歌語言，創造出清新、真摯的詩歌風格。

一代人

◇顧城

黑夜給了我黑色的眼睛
我卻用它尋找光明

必讀理由

- ◇ 中國朦朧詩的代表作之一
- ◇ 顧城的成名作
- ◇ 整整一代青年人追尋理想的精神畫像

作者簡介

▲顧城像

顧城（1956—1993），北京人，中國朦朧詩派的代表人物之一。出生在一個文人家庭，父親是一個詩人，這使他自小就在很好的文化氛圍中成長，據說童年時他就能寫出優美的詩句。1969年，詩人的父親被下放到山東昌邑縣勞動，詩人也隨之來到那裏，開始了艱苦而匱乏的餵豬生活，同時開始詩歌創作。1974年，詩人全家搬回北京。1976年，詩人自編了詩集《無名的小花》（其中的同名代表作於1979年發表，獲得很大的轟動）。1980年，他和北島、舒婷等人一起創辦詩刊《今天》，標誌著中國新詩的又一次飛躍。1986年，詩人作爲朦朧詩的代表人物參加了「中國詩壇1986年現代詩群體大展」，和北島等在四川進行詩歌巡迴朗誦活動，場面激動人心。1987年，詩人應邀前往德國參加詩歌節，幾經輾轉定居於紐西蘭激流島。1992年，詩人前往歐洲講學。1993年，詩人感覺到生活的殘缺和沉悶，在10月的一天，他舉起利斧殺死了自己的妻子，然後自殺。

名作賞析

全詩只有兩句，而且詩中出現的意象都是日常生活中極爲常見的現象：黑夜、眼睛、光明。也許正因爲如此，才使得這首詩歌具有了引起人們廣泛關注、深思的魅力。每個人都能明白詩中意象的意思，每個人都有進入詩歌的權利。然而，那新奇的組合，看似相悖的轉折，卻蘊含著令人難以置信的合理性。

這種相悖的邏輯正是這短短兩句詩的精華所在。相悖是在兩個層面上的。

第一個層面是詩歌整體的意象呈現方式與人們日常經驗中它們的呈現方式相悖。這主要集中在眼睛的意象上。在茫茫的黑暗裏，眼睛可能是唯一的明燈。在人們的經驗中，眼睛始終是透明的象徵。然而，詩中的眼睛卻是「黑色的眼睛」。這是詩人心中的感受，也是詩人的深刻反思。這感受是撕心裂肺的創痛，是一種日積月累的沉澱。這

推薦閱讀

《我是一個任性的孩子》、《遠和近》

反思是沉重的，後面潛藏著巨大的恐懼。而這些又都指向了「黑夜」——那個十年的中國背景。

第二個層次的相悖是詩歌內在的相悖。這主要集中在「光明」這一意象上。那樣的時代，那樣的環境，那樣深沉的黑夜，詩人要尋找光明。詩人正要用那黑色的眼睛尋找光明。這是詩人奏響的反叛黑夜的一聲號角。這個層次也是這首詩歌的主旨所在：詩人不僅要反思黑夜般的過去和傾訴心中的苦痛，詩人更要尋覓。

所以詩人爲這只有兩句話的詩起了一個宏大而耐人尋味的標題：一代人。但詩的內容似乎又指向了兩代人，既是對上一輩的總結和反思，又是對下一代的呼喚和定位。

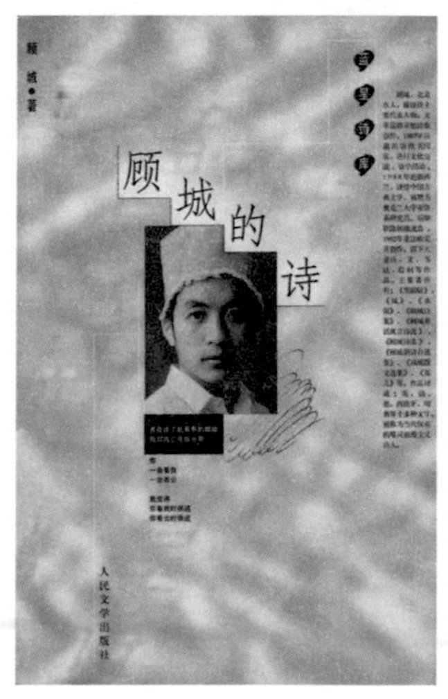

▲1994年11月人民文學出版社出版的《顧城的詩》的封面。
顧城少年時隨父親一起被下放到山東農村，經歷過艱苦生活的磨難。艱難的歲月並未磨滅他童真純淨的心性，反而更促進了他對純美人生的嚮往。他的詩歌帶有濃厚的童話色彩，他也因此被譽為「童話詩人」。

這首詩在藝術手法上也充分地體現了顧城詩歌的藝術特色，在意象的營構上匠心獨具。詩人採用了與生活中生命感受密切相關的意象，用出人意料的組合表達了他對世界、生活、生命的新鮮體驗。他的詩和其他「朦朧派」詩歌一樣，打破了政治式的一味吼叫和說教，用豐富的想像和意象來打動讀者，從而還詩歌以本眞形態。他們還盡量使用明確、簡單的辭彙和句子來表達心中的感受，避免詩歌的語言受到晦澀難懂等流弊的污染。

▲詩人顧城與其兒子的合影。1990年攝於紐西蘭。

回答

◇北島

卑鄙是卑鄙者的通行證，
高尚是高尚者的墓誌銘，
看吧，在那鍍金的天空中，
飄滿了死者彎曲的倒影。

冰川紀過去了，
爲什麼到處都是冰凌？
好望角發現了，
爲什麼死海裏千帆相競？

我來到這個世界上，
只帶著紙、繩索和身影，
爲了在審判之前，
宣讀那被判決了的聲音：

告訴你吧，世界，
我——不——相——信！
縱使你腳下有一千名挑戰者，
那就把我算做第一千零一名。

我不相信天是藍的；
我不相信雷的回聲；
我不相信夢是假的；
我不相信死無報應。

如果海洋注定要決堤，
就讓所有的苦水都注入我心中，
如果陸地注定要上升，
就讓人類重新選擇生存的峰頂。

新的轉機和閃閃的星斗，
正在綴滿沒有遮攔的天空，
那是五千年的象形文字，
那是未來人們凝視的眼睛。

▲1979年，新潮詩人們在公園舉辦詩歌交流會。
新潮詩人們以切身的生活體驗，借助詩歌表露出對歷史的深刻反思和對人類未來的美好憧憬。北島是這類詩人的代表人物之一 。

必讀理由

◇ 中國朦朧詩的代表作之一
◇ 北島的成名作
◇ 一代青年對生活的嚴肅「回答」

▲北島像

■作者簡介

北島（1949— ），原名趙振開，祖籍浙江，生於北京，中國當代著名詩人。1969年高中畢業後在建築公司當工人。1970年，詩人開始寫詩，1979年開始發表詩歌，不久在雜誌社任編輯，曾參與著名詩刊《今天》的創辦和編輯工作。1990年詩人移居美國，現任教於加利福尼亞州大衛斯大學。曾獲諾貝爾文學獎提名。曾出版《北島．顧城詩選》（瑞士出版）、《太陽城箚記》、《在天涯》、《零度下的風景》、《北島詩選》等詩集。

■名作賞析

這首詩是北島早期的詩歌。此時的詩人還在地下進行著神聖的詩歌創作，和一些與他有共同理想的朋友們一起自費編輯出版詩刊《今天》。這首詩是詩人的代表作，也是那一時期詩歌的代表作。

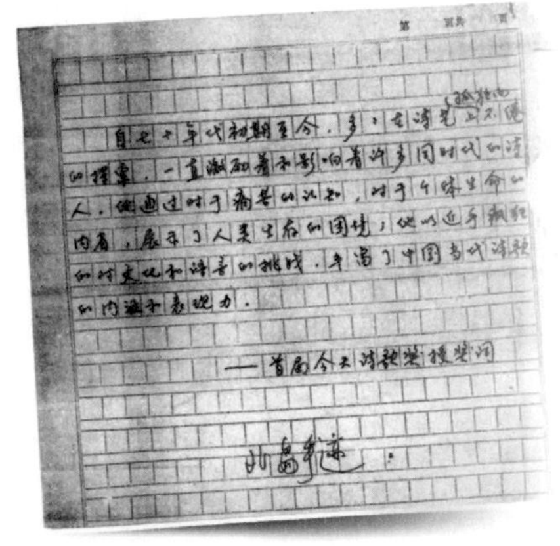

自七十年代初期至今，多多孤独地在诗歌上不倦的探索，一直激励着和影响着许多同时代的诗人。他通过对于痛苦的认知，对于个体生命的内省，展示了人类生存的困境；他以近乎疯狂的对文化和语言的挑战，丰富了中国当代诗歌的内涵和表现力。

——首届今天诗歌奖授奖词

北岛执笔

▲北島手跡。

要「回答」，就要有回答的起因、回答的對象。詩人的回答對象很明顯，就是那沉悶的社會現實，充滿悖謬的十年浩劫。詩的開頭就是對那現實的描寫。「卑鄙是卑鄙者的通行證/高尚是高尚者的墓誌銘」——這是怎樣的世界呀！那虛僞的天空中，到處是用金詞麗句、空洞讚頌塗抹的東西，到處是通行者的樂園。當然，還有死者，那不屈的身影已經彎曲，繃得很緊，充滿著力量的美，顯得更加不屈。

詩人要問，要控訴，憤懣之情溢於言表。不是冰川紀，何以到處都是冰凌？新的航道已經發現了，爲什麼千萬艘船隻還在死水一潭的死海中盤

推薦閱讀

《古寺》、《紅帆船》、《雨夜》

桓、相競，眼睜睜地等著沉沒？這些就是那個時代的寫照。

詩人要回答這樣的世界。詩人來到這個世界上，爲了什麼，要做什麼？詩人說，他是來判決這世界的。詩人只帶了紙、繩索和身影。詩人要用自己的詩來審判這世界嗎？詩人要用繩索來處決那虛僞的世界或者那些卑鄙者嗎？詩人準備用自己的生命來殉自己的理想嗎？反正詩人不相信這樣的社會，詩人準備反抗。

詩人心情激動，大聲疾呼，唱出了心中對虛僞現實的懷疑和否定。這是一種決絕的懷疑和反抗，沒有絲毫的猶豫和同情。即使有太多的反抗者和挑戰，詩人仍然願意做其中的一員，爲挑戰者的隊伍增添一份力量。

如果虛假的世界如海洋的大堤在海浪的衝擊下崩潰，如平地因爲地心岩漿的奔突而被撕裂，詩人願意承受所有的苦難，嚥下所有的苦水，詩人願意做被撕扯的胸膛，讓人類選擇更好的頂峰。詩人的心中充滿著英雄式的悲劇情結。同樣，詩人的心中也充滿了希望，來自古老祖先的希望。從祖先留下的精神財富中，詩人彷彿看到一片純潔的天空，閃現著漫天星斗的天空。

詩歌大量運用象徵手法，那些象徵性的形象又帶有明確的意義指向。儘管這象徵的形象相對直白，但是並沒有影響詩歌的感性特徵。「冰凌」、「死海」等形象生動地寫出了現實生活的困境和艱難。詩中那新穎的意象和豐富的情感的巧妙組結，帶有明顯的朦朧詩特點，詩歌的思想傾向也帶有明顯的朦朧詩的特徵。這首詩同樣是朦朧詩的代表作。

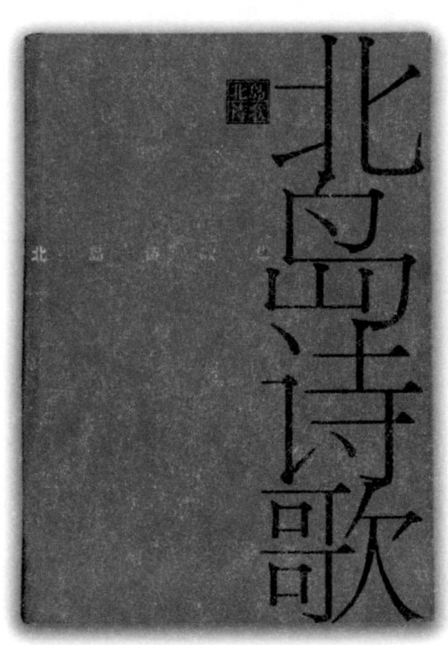

▲南海出版公司於2003年1月出版的《北島詩歌》的封面。
在中國當代朦朧詩人的領袖人物中，北島的詩具有獨特的「冷抒情」格調，以出奇的冷靜和深刻的思辨性著稱。他的詩中充滿具有高度概括力的悖論式警句，有著振聾發聵的藝術力量。

面朝大海，春暖花開

◇海子

從明天起，做一個幸福的人
餵馬，劈柴，周遊世界
從明天起，關心糧食和蔬菜
我有一所房子，面朝大海，春暖花開

從明天起，和每一個親人通信
告訴他們我的幸福
那幸福的閃電告訴我的
我將告訴每一個人

給每一條河每一座山取一個溫暖的名字
陌生人，我也為你祝福

願你有一個燦爛的前程
願你有情人終成眷屬
願你在塵世獲得幸福
我只願面朝大海，春暖花開

必讀理由

◇ 中國先鋒詩人海子的代表作之一
◇ 一首對純樸世界、純樸人生的憧憬之歌，受廣大讀者好評，廣為流傳

作者簡介

海子（1964—1989），原名查海生,中國當代詩人。出生於安徽省安慶城外的一個農民家庭。1979年考入北京大學法律系。1982年開始詩歌創作。 1983年畢業後在中國人民大學政治系哲學教研室任教。在隨後的數年中，詩人寫下了大量的優秀詩歌，先後自印詩集《河流》、《傳說》、《但是水、水》、《麥地之翁》（與西川合印）、《太陽，斷頭篇》等。儘管詩人也曾獲北京大學第一屆藝術節「五四」文學大獎特別獎、第三屆《十月》文學獎榮譽獎等獎項，但詩人的詩歌一直沒有受到很公正的對待。1988年寫出儀式詩劇三部曲之一《刹》。另外，詩人的作品還有長詩《土地》。詩人在積極創作的同時，也一直面臨著中國詩歌沒落的困境。1989年 3月26日, 詩人在河北省山海關臥軌自殺。詩人死後，其詩歌開始受到人們的廣泛關注，詩人的名字也與他那傑出的詩歌一起傳遍了中國大地。從1993年起，北大每年舉行詩歌節，以紀念海子。

▲海子像

推薦閱讀

《麥地》、《給母親》、《以夢為馬》

名作賞析

《面朝大海，春暖花開》寫於1989年1月13日，即詩人離開人世前的兩個月。詩人長期處於精神的思索之中，在沉沉的精神現實的重壓下，詩人的心靈和軀體得不到依託和放鬆。最終，詩人以25歲的年齡就離開了人世，詩人的內心再也載不動那麼多的追求和精神現實。然而，在這首詩中，我們看到的卻是另一個海子，幸福、溫馨、純美的海子。

在一個冬季，或許在陽光的沐浴下，在乾燥淨爽的午後，詩人走出了他長期蟄伏的書房。面對那樣的情景，詩人那一直綳緊的精神突然融化了，融化在自然的世界，融化在塵世的幸福中。在那樣的瞬間，詩人決定要做一個幸福的人，享受平凡的幸福。餵馬、劈柴，從簡樸的生活、親身

▲海子在北大讀書期間在未名湖畔的留影。

的勞作中體味生命的存在；周遊世界，在大自然裏尋找快樂的源泉。詩人要關心人生最簡單的生活，在這樣的關心中找到幸福。詩人渴望擁有一所房子，「面朝大海，春暖花開」。

詩人心靈坦蕩，胸懷博大。詩人那美麗的心靈被幸福的閃電擊中。那樣的頓悟本身就該是幸福的事。詩人願意天下人都能得到這樣的頓悟和這頓悟的幸福。詩人要把這樣的感覺、幸福告訴每一個親人，告訴每一個人。詩人還要給每一條河每一座山起一個溫暖的名字，讓人們從那些溫暖的名字中體味詩人的幸福，讓人們在自然的世界更容易接近幸福。詩人還要祝福陌生人，願他們過著簡樸的生活，願他們每一個平凡的心願都能實現。最後一段，詩人表達了自己眞誠的祝願：

願你有一個燦爛的前程

願你有情人終成眷屬

願你在塵世獲得幸福

我只願面朝大海，春暖花開

詩歌以純樸直白的詩句、清新明快的意象，描繪了一個浪漫、略帶夢幻色彩的世界。詩人憑藉自己的鄉村生活的經驗，提煉出優美的意象，描繪出一個質樸、單純的世界。詩人善於以超越現實的衝動和努力，審視個體生命的存在價值。他的詩往往有著濃重的浪漫色彩，詩中描繪的情景明顯帶著詩人自己的夢想和純眞。總之，詩人用樸素明朗、雋永清新的語言和意境，唱出了他對平凡生活的眞誠和嚮往，反映了他那積極昂揚的情感世界和博大開闊的胸懷。

►海子在四川旅行途中的留影。

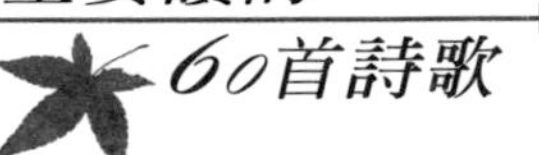

外國卷

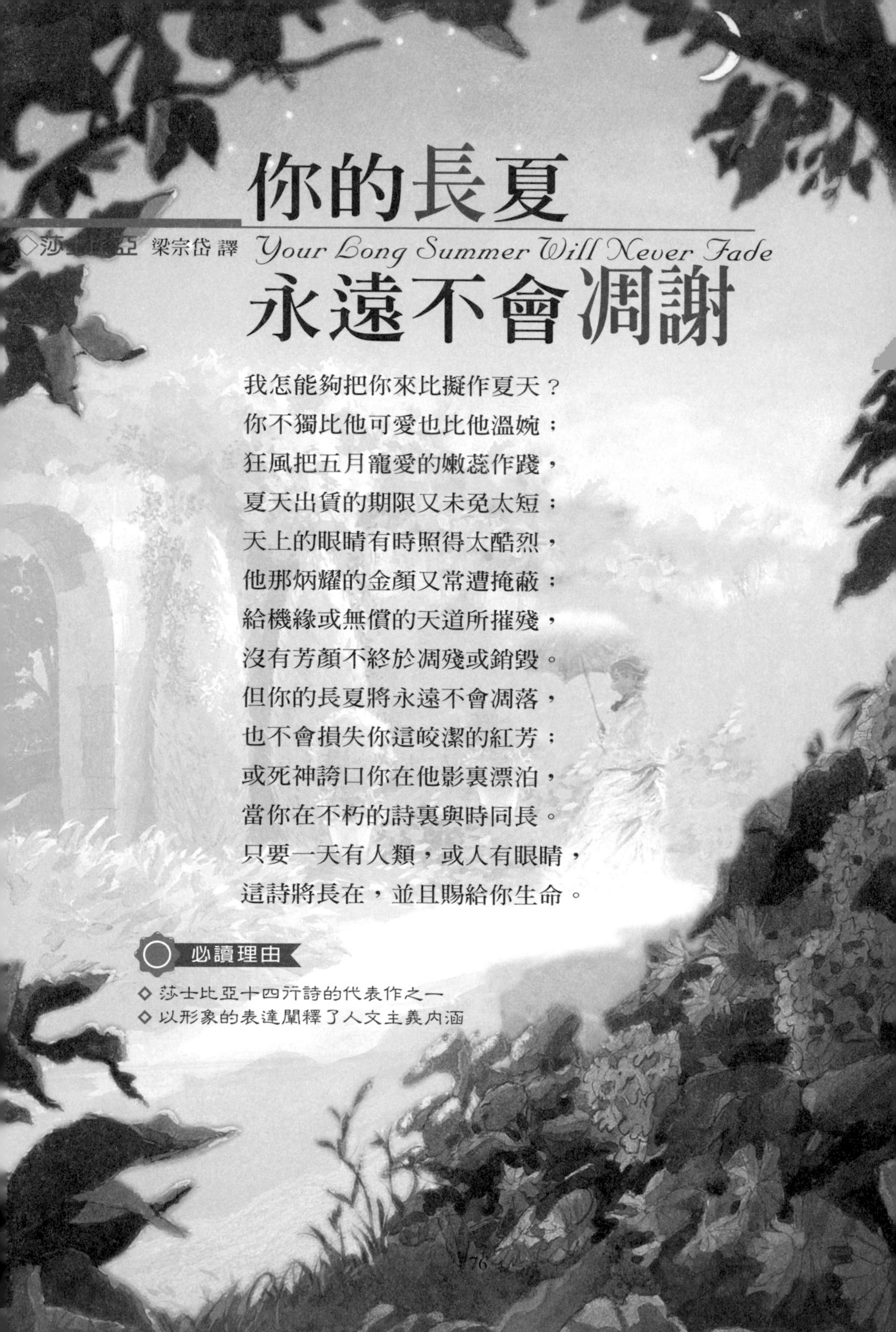

你的長夏永遠不會凋謝

Your Long Summer Will Never Fade

◇莎士比亞 梁宗岱 譯

我怎能夠把你來比擬作夏天？
你不獨比他可愛也比他溫婉；
狂風把五月寵愛的嫩蕊作踐，
夏天出賃的期限又未免太短；
天上的眼睛有時照得太酷烈，
他那炳耀的金顏又常遭掩蔽；
給機緣或無償的天道所摧殘，
沒有芳顏不終於凋殘或銷毀。
但你的長夏將永遠不會凋落，
也不會損失你這皎潔的紅芳；
或死神誇口你在他影裏漂泊，
當你在不朽的詩裏與時同長。
只要一天有人類，或人有眼睛，
這詩將長在，並且賜給你生命。

必讀理由

- 莎士比亞十四行詩的代表作之一
- 以形象的表達闡釋了人文主義內涵

作者簡介

▲莎士比亞像

莎士比亞（1564—1616），英國偉大的戲劇大師、詩人，歐洲文藝復興時期的文學巨匠。出生於離倫敦不遠的斯特拉福鎮一個富裕市民家庭，父親除務農外經營手套生意，擔任過當地的議員和鎮長。莎士比亞自幼即對戲劇表現出明顯的興趣，在學習時很注意古羅馬的詩歌和戲劇。後來家庭破產，他輟學謀生。1585年前後，他去了倫敦，先在劇院裏打雜和在劇院外看管馬匹，後來從事劇本創作受到注意，成爲劇院編劇，還獲得了一部分劇院的股份。逐漸地，他接觸到文藝復興的先進文化、思想，寫出了很多偉大的作品。他的創作使他獲得了豐厚的收入和世襲紳士的身分。1608年左右，他回到家鄉定居，1616年4月逝世。詩人的一生作品甚多，共有37部戲劇，1卷十四行詩集，兩首敘事長詩。這其中包括著名的《羅密歐與茱麗葉》、《威尼斯商人》、《無事生非》（又名《都是男人惹的禍》）、《哈姆雷特》、《李爾王》等。

名作賞析

莎士比亞所處的英國伊莉莎白時代是愛情詩的盛世，寫十四行詩更是一種時髦。莎士比亞的十四行詩無疑是那個時代的佼佼者，其十四行詩集更是流傳至今，魅力不減。他的十四行詩一掃當時詩壇的矯揉造作、綺豔輕靡、空虛無力的風氣。據說，莎士比亞的十四行詩是獻給兩個人的：前126首獻給一個貴族青年，後面的獻給一個黑膚女郎。這首詩是十四行詩集中的第18首，屬前者。也有人說，他的十四行詩是專業的文學創作。當然，這些無關宏旨，詩歌本身是偉大的。

莎士比亞的十四行詩總體上表現了一個思想：愛征服一切。他的詩充分肯定了人的價值，讚頌人的尊嚴、個人的理性作用。詩人將抽象的概念轉化成具體的形象，用可感可見的物質世界，形象生動地闡釋了人文主義的命題。

推薦閱讀

《莎士比亞十四行詩集》

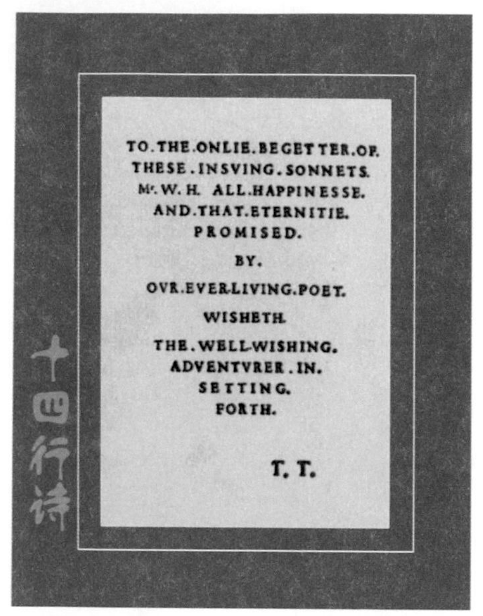
TO.THE.ONLIE.BEGETTER.OF.
THESE.INSVING.SONNETS.
Mr.W.H. ALL.HAPPINESSE.
AND.THAT.ETERNITIE.
PROMISED.
BY.
OVR.EVER-LIVING.POET.
WISHETH.
THE.WELL-WISHING.
ADVENTVRER.IN.
SETTING.
FORTH.
T.T.

▲1609年出版時的莎士比亞十四行詩集的封面。

詩的開頭將「你」和夏天相比較。自然界的夏天正處在綠的世界中，萬物繁茂地生長著，繁蔭遮地，是自然界的生命最昌盛的時刻。那醉人的綠與鮮豔的花一道，將夏天打扮得五彩繽紛，豔麗動人。但是，「你」卻比夏天可愛多了，比夏天還要溫婉。五月的狂風會作踐那可愛的景色，夏天的期限太短，陽光酷烈地照射在繁蔭斑駁的大地上，那熠熠生輝的美麗不免要在時間的流動中凋殘。這自然界最美麗的季節和「你」相比也要遜色不少。

而「你」能克服這些自然界的不足。「你」在最燦爛的季節不會凋謝，甚至「你」美的任何東西都不會有所損失。「你」是人世的永恆，「你」會讓死神的黑影在遙遠的地方待著，任由死神的誇口也不會死去。「你」是什麼？你與人類同在，你在時間的長河裏不朽。那人類精神的精華——詩是你的形體嗎？或者，你就是詩的精神，就是人類的靈魂。

詩歌在形式上一改傳統的義大利十四行詩體四四三三體，而是採用了四四四二體：在前面充分地發揮表達的層次，在充分的鋪墊之後，用兩句詩結束全詩，點明主題。全詩用新穎巧妙的比喻、華美而恰當的修飾使人物形象鮮明，生氣鮮活。詩人用形象的表達使嚴謹的邏輯推理變得生動有趣，曲折跌宕，最終巧妙地得出了人文主義的結論。

一朵紅紅的玫瑰

A Red Rose

◇彭斯 袁可嘉 譯

啊！我愛人像一朵紅紅的玫瑰，
　它在六月裏初開；
啊，我愛人像一支樂曲，
　美妙地演奏起來。

你是那麼美，漂亮的姑娘，
　我愛你那麼深切；
我要愛你下去，親愛的，
　一直到四海枯竭。

一直到四海枯竭，親愛的，
　到太陽把岩石燒裂！
我要愛你下去，親愛的，
　只要是生命不絕。

再見吧——我唯一的愛人，
　我和你小別片刻；
我要回來的，親愛的，
　即使萬里相隔！

必讀理由

- ◇ 蘇格蘭偉大詩人彭斯流傳最廣的詩之一
- ◇ 表達了一種堅貞高尚的愛情觀
- ◇ 青年必讀的愛情詩

作者簡介

彭斯（1759—1796），蘇格蘭偉大的民族詩人。生於蘇格蘭的農民家庭。十一二歲時便和父親一樣幹重活，維持家庭生活。母親是個民歌手，這使他在很小的時候就能熟悉蘇格蘭民歌的旋律，爲以後的創作打下了堅實的基礎。1786年，因爲和少女琪恩私下戀愛，觸犯了教會和女方家庭。教會要制裁他，女方家庭則聲稱要將他投進監獄，這一切都是因爲他的貧窮。詩人本準備前往牙買加，但已沒有錢買船票。詩人迫不得已，在一個朋友的建議下，將自己的詩集《主要用蘇格蘭方言寫的詩集》寄給了出版社。沒想到這部詩集使詩人一躍成名，很快成了當時文化界的紅人。詩人嚮往法國大革命，曾自費購買小炮運往法國。1792年，詩人因爲發表革命言行被上級傳訊，1795年，詩人加入反抗英法聯軍的農民志願軍。1789年，詩人獲得一份稅務官的職位，每天都要騎馬巡行二百多里，同時還要務農。這些使得詩人勞累過度，心臟受損。37歲那年，年輕的詩人離開了人世。

▲彭斯像

推薦閱讀

《往昔的時光》、《我的心呀在高原》

名作賞析

這首詩出自詩人的《主要用蘇格蘭方言寫的詩集》，是詩集中流傳最廣的一首詩。詩人寫這首詩的目的是送給他的戀人即少女琪恩。詩人在詩中歌頌了戀人的美麗，表達了詩人的熾熱感情和對愛情的堅定決心。

詩的開頭用了一個鮮活的比喻——紅紅的玫瑰，一下子就將戀人的美麗寫得活靈活現，同時也寫出了詩人心中的感情。在詩人的心中，戀人不僅有醉人的外表，而且有著柔美靈動的心靈，像一段樂曲，婉轉動人地傾訴著美麗的心靈。

詩人對戀人的愛是那樣的眞切、深情和熱烈。那是種怎樣的愛呀！——

要一直愛到海枯石爛。這樣的愛情專注使人想到中國的古老民歌：「上邪！我欲與君相知，長命無絕衰。山無陵，江水爲竭，冬雷陣陣，夏雨雪，天地合，乃敢與君絕。」詩人的哀婉和柔情又可用《詩經》裏的一句來說明：「執子之手，與子偕老。」何等的堅決和悠長！

愛的火焰在詩人的心中強烈地燃燒著，詩人渴望有著美好的結果。但是，此時的詩人已經是囊中羞澀，詩人知道這時的自己並不能給戀人帶來幸福，他已經預感到自己要離去。但詩人堅信：這樣的離別只是暫別，自己一定會回來的。

▲《彭斯詩選》封面。
彭斯是18世紀蘇格蘭偉大的民族詩人。他吸收蘇格蘭方言的精華，融入自己的獨創見解，發展出一種嶄新的詩歌形式，言辭素樸，情感濃烈，思想尖銳，充滿音樂魅力。彭斯的詩歌開了英國浪漫主義的先河，對其後的華茲華斯、拜倫、濟慈等人影響極大。

這首詩是詩人的代表作，它開了英國浪漫主義詩歌的先河，對濟慈、拜倫等人有很大的影響。詩人用流暢悅耳的音調、質樸無華的詞語和熱烈真摯的情感打動了千百萬戀人的心，也使得這首詩在問世之後成爲人們傳唱不衰的經典。詩歌吸收了民歌的特點，採用口語使詩歌朗朗上口，極大地顯示了民歌的特色和魅力，讀來讓人感到詩中似乎有一種原始的衝動，一種原始的生命之流在流淌。另外，詩中使用了重覆的句子，大大增強了詩歌的感情力度。在這首僅僅有16句的詩中，涉及「愛」的詞語竟有十幾處之多，然而並不使人感到重覆和累贅，反而更加強化了詩人對戀人愛情的強烈和情感的濃郁程度。

詠水仙

◇華茲華斯 顧子欽 譯 *Chant of Asphodel*

我好似一朵孤獨的流雲，
　高高地飄遊在山谷之上，
突然我看到一大片鮮花，
　是金色的水仙遍地開放。
它們開在湖畔，開在樹下，
它們隨風嬉舞，隨風飄蕩。

它們密集如銀河的星星，
　像群星在閃爍一片晶瑩；
它們沿著海灣向前伸展，
　通往遠方彷彿無窮無盡；
一眼看去就有千朵萬朵，
萬花搖首舞得多麼高興。

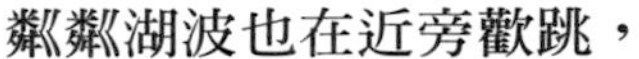

粼粼湖波也在近旁歡跳，
　卻不如這水仙舞得輕俏；
詩人遇見這快樂的旅伴，
　又怎能不感到歡欣雀躍；
我久久凝視──卻未領悟
這景象所給我的精神至寶。

後來多少次我鬱鬱獨臥，
　感到百無聊賴心靈空漠；
這景象便在腦海中閃現，
　多少次安慰過我的寂寞；
我的心又隨水仙跳起舞來，
我的心又重新充滿了歡樂。

必讀理由

- ◇ 英國「湖畔」詩的名詩之一
- ◇ 英國偉大的自然歌手華茲華斯的代表作之一
- ◇ 西方詩歌中寫景與抒情完美結合的典範

▲華茲華斯像

推薦閱讀

《孤獨的收割人》、
《早春遣句》、《致杜鵑》

作者簡介

華茲華斯（1770—1850），19世紀英國著名的「湖畔」詩人，英國浪漫主義詩歌的奠基者。出生在英格蘭西北部的湖區。1791年畢業於劍橋大學。曾參與法國大革命活動，但革命後的混亂景象使詩人的心靈大爲受傷。1799年，詩人和騷賽、柯勒律治等人回到家鄉，時常吟詩，求樂於山水之間。1798年詩人和柯勒律治共同出版了《抒情歌謠集》，一舉成名。1813年，詩人成爲政府官員，詩情逐漸枯竭。詩人晚年被授予「桂冠詩人」的稱號。詩人一生創作甚富，作品除上面提的外，還有《丁登寺》、《孤獨的收割人》、《致杜鵑》等。

名作賞析

這首詩寫於詩人從法國回來不久。詩人帶著對自由的嚮往去了法國，參加一些革命活動。但法國革命沒有帶來預期的結果，隨之而來的是混亂。詩人的失望和所受的打擊是可想而知的，後在他的妹妹和朋友的幫助下，情緒才得以艱難地恢復。這首詩就寫於詩人的心情平靜之後不久。

在詩的開頭，詩人將自己比喻爲一朵孤獨的流雲，孤單地在高高的天空飄蕩。孤傲的詩人發現了一大片金色的水仙，它們歡快地遍地開放。在詩人的心中，水仙已經不是一種植物了，而是一種象徵，代表了一種靈魂，代表了一種精神。

水仙很多，如天上的星星，都在閃爍。水仙似乎是動的，沿著彎曲的海岸線向前方伸展。詩人爲有這樣的旅伴而歡欣鼓舞，歡呼跳躍。在詩人的心中，水仙代表了自然的精華，是自然心靈的美妙表現。但是，歡快的水仙並不能隨時伴在詩人的身邊，詩人離開了水仙，心中不時冒出憂鬱孤寂的情緒。這時詩人寫出了一種對社會、世界的感受：那高傲、純潔的靈

▲**華茲華斯的故鄉——「湖畔」。**
「湖畔」位於英格蘭西北部坎伯蘭高原，華茲華斯在這裏生活了9年，這裏秀麗的山水為詩人帶來了無窮的靈感，詩人揮筆寫下了數量可觀的優美動人的謳歌自然的詩篇。

魂在現實的世界只能鬱鬱寡歡。當然，詩人腦海的深處會不時浮現水仙那美妙的景象，這時的詩人又情緒振奮，歡欣鼓舞。

詩歌的基調是浪漫的，同時帶著濃烈的象徵主義色彩。可以說，詩人的一生只在自然中找到了精神的寄託。而那平靜、歡欣的水仙就是詩人自己的象徵，在詩中，詩人的心靈和水仙的景象融合了。這首詩雖然是在詠水仙，但同時也是詩人自己心靈的抒發和感情的外化。

詩人有強烈的表達自我的意識，那在山谷上的高傲形象，那水仙的歡欣，那鬱鬱的獨眠或是詩人自己的描述，或是詩人內心的嚮往。詩人的心靈又是外向的，在自然中找到了自己意識的象徵。那自然就進入了詩人的心靈，在詩人的心中化爲了象徵的意象。

流派溯源

湖畔派，英國早期浪漫主義詩歌的主要代表流派，因詩人聚居在英國西北部的湖區而得名。流派的主要成員有華茲華斯、柯勒律治、騷賽等。詩歌以描寫當地的秀美景色為主要內容，詩人們借此來抒發自己內心嚮往大自然的詩意情懷。詩歌以浪漫主義風格為主，但是大量使用了象徵的手法。

夜鶯頌

◇濟慈 查良錚 譯 *Ode to the Nightingale*

我的心在痛，困頓和麻木
刺進了感官，有如飲過毒鴆，
又像是剛剛把鴉片吞服，
於是向著列溪忘川下沉：
並不是我嫉妒你的好運，
而是你的快樂使我太歡欣——
因為在林間嘹亮的天地裏，
你呵，輕翅的仙靈，
你躲進山毛櫸的蔥綠和陰影，
放開歌喉，歌唱著夏季。

◇ 西方詩歌史上的不朽傑作
◇ 英國浪漫主義詩人濟慈的代表作
◇ 一首淒美動人的愛情和生命的輓歌
◇ 在世界各國傳誦至今不衰

哎，要是有一口酒！那冷藏
在地下多年的清醇飲料，
一嘗就令人想起綠色之邦，
想起花神，戀歌，陽光和舞蹈！
要是有一杯南國的溫暖，
充滿了鮮紅的靈感之泉，
杯沿明滅著珍珠的泡沫，
給嘴唇染上紫斑；
哦，我要一飲而離開塵寰，
和你同去幽暗的林中隱沒：

遠遠地、遠遠隱沒，讓我忘掉
你在樹葉間從不知道的一切，
忘記這疲勞、熱病和焦躁，
這使人對坐而悲歎的世界；
在這裏，青春蒼白、消瘦、死亡，
而「癱瘓」有幾根白髮在搖擺；
在這裏，稍一思索就充滿了
憂傷和灰色的絕望，
而「美」保持不住明眸的光彩，
新生的愛情活不到明天就枯凋。

去吧！去吧！我要朝你飛去，
不用和酒神坐文豹的車駕，
我要展開詩歌底無形羽翼，
儘管這頭腦已經困頓、疲乏；
去了！呵，我已經和你同往！
夜這般溫柔，月后正登上寶座，
周圍是侍衛她的一群星星；
但這兒卻不甚明亮，
除了有一線天光，被微風帶過，
蔥綠的幽暗，和苔蘚的曲徑。

濟慈23歲時患上了肺病，同時他也認識了漂亮活潑的范妮．布恩小姐，兩人處於深深的熱戀中，並於次年訂婚。但越來越糟的健康狀況和微薄的經濟收入，使婚事變得渺茫。病魔的折磨，貧困的壓力，婚姻希望的破滅，使濟慈陷入極大的痛苦中。悲痛之餘，濟慈寫下了《夜鶯頌》一詩，傾訴了心中的哀痛和對不公命運的怨恨。

我看不出是哪種花草在腳旁，
什麼清香的花掛在樹枝上；
在溫馨的幽暗裏，我只能猜想
這個時令該把哪種芬芳
賦予這果樹，林莽，和草叢，
這白枳花，和田野的玫瑰，
這綠葉堆中易謝的紫羅蘭，
還有五月中旬的嬌寵，
這綴滿了露酒的麝香薔薇，
它成了夏夜蚊蚋的嗡縈的港灣。

我在黑暗裏傾聽：呵，多少次
我幾乎愛上了靜謐的死亡，
我在詩思裏用盡了好的言辭，
求他把我的一息散入空茫；
而現在，哦，死更是多麼富麗：
在午夜裏溘然魂離人間，
當你正傾瀉著你的心懷，
發出這般的狂喜！
你仍將歌唱，但我卻不再聽見——
你的葬歌只能唱給泥草一塊。

永生的鳥呵，你不會死去！
饑餓的世代無法將你蹂躪；
今夜，我偶然聽到的歌曲
曾使古代的帝王和村夫喜悅；
或許這同樣的歌也曾激盪
露絲憂鬱的心，使她不禁落淚，
站在異邦的穀田裏想著家；
就是這聲音常常
在失掉了的仙域裏引動窗扉：
一個美女望著大海險惡的浪花。

沉沉暗夜裏的怨訴的歌聲，流過草坪，越過溪水，飄入林中，引導詩人走進那溫柔迷人的夢鄉，詩人那憔悴而痛苦的靈魂可否在裏面得到安息永生。

呵，失掉了！這句話好比一聲鐘
使我猛醒到我站腳的地方！
別了！幻想，這騙人的妖童，
不能老要弄它盛傳的伎倆。
別了！別了！你怨訴的歌聲
流過草坪，越過幽靜的溪水，
溜上山坡；而此時，它正深深
埋在附近的溪谷中：
噫，這是個幻覺，還是夢寐？
那歌聲去了：——我是睡？是醒？

作者簡介

▲濟慈像

濟慈（1795—1821），19世紀英國著名浪漫主義詩人。生於倫敦一個馬夫家庭。由於家境貧困，詩人不滿16歲就離校學醫，當學徒。1816年，他棄醫從文，開始詩歌創作。1817年詩人出版第一本詩集。1818年，他根據古希臘美麗神話寫成的《安狄米恩》問世。此後詩人進入詩歌創作的鼎盛時期，先後完成了《伊莎貝拉》、《聖亞尼節前夜》、《許佩里恩》等著名長詩，還有最膾炙人口的《夜鶯頌》、《希臘古甕頌》、《秋賦》等詩歌。也是在1818年，詩人愛上了范妮 ·布恩小姐，同時詩人的身體狀況也開始惡化。在痛苦、貧困和甜蜜交織的狀況下，詩人寫下了大量的著名詩篇。1821年，詩人前往義大利休養，不久病情加重，年僅25歲就離開了人世。

名作賞析

1818年，濟慈23歲。那年，詩人患上了肺癆，同時詩人還處於和范妮 ·布恩小姐的熱戀中。正如詩人自己說的，他常常想的兩件事就是愛情的甜蜜和自己死去的時間。在這樣的情況下，詩人情緒激昂，心中充滿著悲憤和對生命的渴望。在一個深沉的夜晚，在濃密的樹枝下，在鳥兒嘹亮的歌聲中，詩人一口氣寫下了這首8節80多行的《夜鶯頌》。

相傳，夜鶯會死在月圓的晚上。在淒美而朦朧的月光中，夜鶯會飛上最高的玫瑰枝，將玫瑰刺深深地刺進自己的胸膛，然後發出高亢的聲音，大聲歌唱，直到心中的血流盡，將花枝上的玫瑰染紅。詩的題目雖然是「夜鶯頌」，但是，詩中基本上沒有直接描寫夜鶯的詞，詩人主要是想借助夜鶯這個美麗的形象來抒發自己的感情。

詩人的心是困頓和麻木的，又在那樣的濁世。這時候詩人聽到了夜鶯的嘹亮歌唱，如同令人振奮的神靈的呼聲。詩人的心被這樣的歌聲感染著，詩人的心同樣也爲現實的污濁沉重打擊著。詩人嚮往那森林繁茂，樹蔭斑駁、夜鶯歡唱的世界。他

推薦閱讀

《秋賦》、《希臘古甕頌》、《無情的妖女》

渴望飲下美妙的醇香美酒，願意在這樣的世界裏隱沒，願意捨棄自己困頓、疲乏和痛苦的身體，詩人更願意離開這污濁的社會。這是一個麻木的現實，人們沒有思想，因爲任何的思索都會帶來灰色的記憶和憂傷的眼神。詩人聽著夜鶯曼妙的歌聲，不再感覺到自己身體的存在，早已魂離人間。

▲英國新教徒公墓裏的濟慈墓。
墓碑上刻有濟慈自定的銘文：用水書寫其姓名的人在此長眠。

夜色溫柔地向四方擴散，月亮悄悄地爬上枝頭，但林中仍然幽暗昏沉；微風輕吹，帶領著詩人通過暗綠色的長廊和幽微的曲徑。曲徑通幽，詩人彷彿來到了更加美妙的世界，花朵錯落有致地開放著，裝點著香氣瀰漫的五月。詩人並不知道這些花的名稱，但詩人靠著心靈的啓發，靠著夜鶯的指引，感受著深沉而寧靜的世界。詩人沉醉在這樣的世界裏，渴望著生命的終結，盼著夜鶯帶著自己在這樣的世界裏常駐。

這樣的歌聲將永生，這樣的歌聲已經在過去，在富麗堂皇的宮殿，在農民的茅屋上唱了很多年。這樣的歌聲仍將唱下去，流過草坪和田野，在污濁的人世喚醒沉睡的人們。詩人深深陶醉在這如夢如幻的境界中，全然不知道自己是在睡著還是在醒著。

詩歌具有強烈的浪漫主義特色，用美麗的比喻和一瀉千里的流利語言表達了詩人心中強烈的思想感情和對自由世界的深深嚮往。從這首詩中，我們能很好體會到後人的評論：英國浪漫主義詩歌在濟慈那裏達到了完美。

◀《濟慈詩選》中文版封面。
濟慈是英國19世紀一位承前啓後的傑出的浪漫主義詩人。他的一生多舛而短暫，反映人間的不幸和苦難是他詩歌創作的重要主題。他的詩歌語言凝練精妙，韻律舒緩優美，能將各種感官巧妙組合起來，並與身外客觀事物融為一體，描繪具體鮮明，具有濃厚的唯美色彩。

去國行

◇拜倫　楊德豫 譯　*Leave the Mother Country*

別了，別了！故國的海岸
　消失在海水盡頭；
洶濤狂嘯，晚風悲歎，
　海鷗也驚叫不休。
海上的紅日逕自西斜，
　我的船揚帆直追；
向太陽、向你暫時告別，
　我的故鄉呵，再會！

不幾時，太陽又會出來，
　又開始新的一天；
我又會招呼藍天、碧海，
　卻難覓我的家園。
華美的第宅已荒無人影，
　爐灶裏火滅煙消；
牆垣上野草密密叢生，
　愛犬在門邊哀叫。

◇ 英國浪漫主義詩人拜倫的名詩之一
◇ 被譯成多國文字，流傳廣泛
◇ 中國詩人蘇曼殊為其改名並推薦入中國

「過來，過來，我的小書童！
　你怎麼傷心痛哭？
你是怕大海浪濤洶湧，
　還是怕狂風震怒？
別哭了，快把眼淚擦乾；
　這條船又快又牢靠：
咱們家最快的獵鷹也難
　飛得像這般輕巧。」

「風只管吼叫，浪只管打來，
　我不怕驚風險浪；
可是，公子呵，您不必奇怪
　我為何這樣悲傷；
只因我這次拜別了老父，
　又和我慈母分離，
離開了他們，我無親無故，
　只有您——還有上帝。」

▲拜倫在達達尼爾海峽的漁民家中。

「父親祝福我平安吉利，
　沒怎麼怨天尤人；
母親少不了唉聲歎氣，
　巴望到我回轉家門。」
「得了，得了，我的小伙子！
　難怪你哭個沒完；
若像你那樣天眞幼稚，
　我也會熱淚不乾。」

「過來，過來，我的好伙伴！
　你怎麼蒼白失色？
你是怕法國敵寇凶狂，
　還是怕暴風凶惡？」
「公子，您當我貪生怕死？
　我不是那種膿包；
是因爲掛念家中的妻子，
　才這樣蒼白枯槁。」

「就在那湖邊，離府上不遠，
　住著我妻兒一家；
孩子要他爹，聲聲哭喊，
　叫我妻怎生回話？」
「得了，得了，我的好伙伴！
　誰不知你的悲傷；
我的心性卻輕浮冷淡，
　一笑就去國離鄉。」

誰會相信妻子或情婦
　虛情假意的傷感？
兩眼方才還滂沱如注，
　又嫣然笑對新歡。
我不爲眼前的危難而憂傷，
　也不爲舊情悲悼；
傷心的倒是：世上沒一樣
　值得我珠淚輕拋。

如今我一身孤孤單單，
　在茫茫大海漂流；
沒有任何人把我牽念，
　我何必爲別人擔憂？
我走後哀吠不休的愛犬
　會跟上新的主子；
過不了多久，我若敢近前，
　會把我咬個半死。

船兒呵，全靠你，疾駛如飛，
　橫跨那滔滔海浪；
任憑你送我到天南地北，
　只莫回我的故鄉。
我向你歡呼，蒼茫的碧海！
　當陸地來到眼前，
我就歡呼那石窟、荒埃！
　我的故鄉呵，再見！

離開英國前的拜倫。
就要遠離祖國了，拜倫的心中有何感想？是對故土和親人的眷戀，還是對富豪權貴的憎恨？是為漂泊異鄉而傷感，還是為爭取自由而歡欣？

▲拜倫像

作者簡介

拜倫（1788—1824），19世紀英國著名浪漫主義詩人。出身於貴族家庭。1805年入劍橋大學，接觸到早期的浪漫主義詩歌。1809年開始在歐洲各地遊歷，期間寫下著名的《恰爾德·哈洛爾德遊記》前兩章（後兩章在瑞士完成）。1812年，他出席上議院，慷慨陳辭，抨擊英國政府槍殺破壞機器的工人，指責政治黑暗，遭到英國政府的忌恨。1816年，政府利用詩人離婚之機對他大加誹謗，詩人不得不離開祖國，取道瑞士前往義大利，在瑞士和雪萊相識，兩人結下了深厚的友誼。期間，詩人寫下了《普羅米修士》、《錫庸的囚徒》。在義大利期間，詩人參加燒炭黨人反對暴政的起義，同時寫下了長詩《青銅時代》、《唐璜》等。1823年，詩人前往希臘參加希臘人民反抗土耳其侵略的戰鬥。次年，詩人在戰場上感染傷寒，醫治無效，獻出了自己的生命。

名作賞析

這首詩出自詩人著名的長詩《恰爾德·哈洛爾德遊記》，是其中獨立成章的一篇著名抒情詩。這首詩是拜倫受英國著名小說家司各特的一首小詩《晚安曲》的啓發而寫成的，又有人稱之爲《晚安曲》。1923年，離開祖國的中國詩人蘇曼殊心憂祖國，心情沉重之餘想起了這首詩，便將它譯爲《去國行》，詩名沿用至今。這首詩，是長詩的主人翁恰爾德·哈洛爾德將要乘船離開英國海岸時所唱的歌曲。詩歌表現了詩人對祖國的深厚感情，也表達了詩人心中對社會現實的強烈不滿，充滿了強烈的浪漫主義精神和對自由的熱切追求。

推薦閱讀

《雅典的少女》、《她走在美的光影裏》、《哀希臘》、《唐璜》

詩歌共分10節，3個部分。第一部分是前兩節，主要描寫海上的景色。詩的第二部分（3—7節），以問答的形式，逐步深入地表現了主人翁對祖國的感情和看法，流露了主人翁對故國深深的失望和怨恨之情。剩下的第三部分，起了點題的作用。故國對主人翁不再有任何值得傷心的事物：情人的悲泣轉眼就會笑對新歡，家中的忠僕很快就會不認得自己。主人翁獨自一人，心無牽掛，在茫茫的大海上漂盪。主人翁要奔往新的大陸，追求新的生活。故鄉，再見！主人翁在這樣的呼喊中，毅然告別故鄉，奔向自由的理想之邦。

這首詩在風格上有著典型的浪漫主義特徵。詩中的主人翁又何嘗不是詩人自己，主人翁的感情和看法又何嘗不是詩人自己的感情和看法。詩中的主人翁一定程度上已經成了「拜倫式的英雄」，他高傲孤寂，憤世嫉俗，對現實有深深的不滿，強烈追求個人的精神自由。

▲拜倫長詩《唐璜》的插圖
該圖描繪的是海盜的女兒海黛發現唐璜的情景。唐璜在經歷長時間的海上漂流後，被海浪沖到了希臘的一個島嶼上，被海黛救起，從而引發了一段戀情。圖中地上躺著的男子是唐璜，他身旁俯身的女子為海黛。

流派溯源

浪漫主義，主要出現在18世紀末期到19世紀中期的詩歌流派和文學運動，源於英國，後波及全球，代表人物有拜倫、雪萊、雨果、普希金等。他們的詩歌講究用奇特的意象、怪異的事物或者神話表達心中的感情，以表達對現實社會的不滿、對精神自由的追求和對人性解放的嚮往。詩歌在形式上大膽創新，主張有多樣化的形式。他們的詩歌中大量出現比喻和象徵的意象。

西風頌

◇雪萊 查良錚 譯 *Ode to the West Wind*

一

哦，狂暴的西風，秋之生命的呼吸！
　　你無形，但枯死的落葉被你橫掃，
有如鬼魅碰到了巫師，紛紛逃避：

黃的，黑的，灰的，紅得像患肺癆，
　　呵，重染疫癘的一群：西風呵，是你
以車駕把有翼的種子摧送到

黑暗的冬床上，它們就躺在那裏，
　　像是墓中的死屍，冰冷，深藏，低賤，
直等到春天，你碧空的姊妹吹起

她的喇叭，在沉睡的大地上響遍，
　　（喚出嫩芽，像羊群一樣，覓食空中）
將色和香充滿了山峰和平原：

不羈的精靈呵，你無處不運行；
破壞者兼保護者：聽吧，你且聆聽！

▲國外的描繪西風勁吹的油畫。
狂暴強勁的西風具有無堅不摧的威力。英國浪漫主義詩人雪萊在其詩歌《西風頌》中，將西風比喻為掃蕩一切腐朽勢力的革命力量。詩中的西風也是雪萊本人的化身，它滲透了詩人的信念、信心與意志，凝聚了詩人對於人類歷史和未來，以及對於自己作為革命預言家的使命的思考。

必讀理由

- ◇ 英國及整個西方抒情詩中的傑作
- ◇ 英國浪漫主義詩人雪萊的代表作之一
- ◇ 西方具有進步思想、革命精神的名詩

▲雪萊在野外構思他的詩作。

二

沒入你的急流，當高空一片混亂，
　　流雲像大地的枯葉一樣被撕扯
脫離天空和海洋的糾纏的枝幹。

成爲雨和電的使者：它們飄落
　　在你的磅礴之氣的蔚藍的波面，
有如狂女的飄揚的頭髮在閃爍，

從天穹最遙遠而模糊的邊沿
　　直抵九霄的中天，到處都在搖曳
欲來雷雨的捲髮。對瀕死的一年

你唱出了葬歌，而這密集的黑夜
　　將成爲它廣大墓陵的一座圓頂，
裏面正有你的萬鈞之力在凝結；

那是你的渾然之氣，從它會迸湧
黑色的雨，冰雹和火焰：哦，你聽！

三

是你，你將藍色的地中海喚醒，
　　而它曾經昏睡了一整個夏天，
被澄澈水流的迴旋催眠入夢，

就在巴亞海灣的一個浮石島邊，
　　它夢見了古老的宮殿和樓閣
在水天輝映的波影裏抖顫，

▲英國傑出的浪漫主義詩人雪萊。雪萊不僅是一位偉大的詩人，也是一位偉大的戰士，他的思想是超越時代的，他以詩歌為武器，謳歌民主自由，禮讚平等博愛，向當時被壓迫民衆傳遞了革命的火種。

而且都生滿青苔，開滿花朵，
　　那芬芳眞迷人欲醉！呵，爲了給你
讓一條路，大西洋的洶湧的浪波

把自己向兩邊劈開，而深在淵底
　　那海洋中的花草和泥污的森林
雖然枝葉扶疏，卻沒有精力；

聽到你的聲音，它們已嚇得發青：
一邊戰慄，一邊自動萎縮：哦，你聽！

四

唉，假如我是一片枯葉被你浮起，
　　假如我是能和你飛跑的雲霧，
是一個波浪，和你的威力同喘息

假如我分有你的脈搏，僅僅不如
　　你那麼自由，哦，無法約束的生命！
假如我能像在少年時，凌風而舞

便成了你的伴侶，悠遊天空
　　（因爲呵，那時候，要想追你上雲霄，
似乎並非夢幻），我就不致像如今

這樣焦躁地要和你爭相祈禱。
　　哦，舉起我吧，當我是水波、樹葉、浮雲！
我跌在生活底荊棘上，我流血了！

這被歲月的重軛所制服的生命
　　　　原是和你一樣：驕傲、輕捷而不馴

五

把我當作你的豎琴吧，有如樹林：
　　儘管我的葉落了，那有什麼關係！
你巨大的合奏所振起的樂音

將染有樹林和我的深邃的秋意：
　　雖憂傷而甜蜜。呵，但願你給予我
狂暴的精神！奮勇者呵，讓我們合一！

請把我枯死的思想向世界吹落，
　　讓它像枯葉一樣促成新的生命！
哦，請聽從這一篇符咒似的詩歌，

就把我的話語，像是灰燼和火星
　　從還未熄滅的爐火向人間播散！
讓預言的喇叭通過我的嘴唇

把昏睡的大地喚醒吧！要是冬天
已經來了，西風呵，春日怎能遙遠？

▲19世紀佛羅倫斯郊外風光
雪萊的名詩《西風頌》就是在那裏構思並基本完成的

作者簡介

▲雪萊像

雪萊（1792—1822），19世紀英國著名浪漫主義詩人。出生在一個古老而保守的貴族家庭。少年時在皇家的伊頓公學就讀。1810年入牛津大學學習，開始追求民主自由。1811年，詩人因爲寫作哲學論文推理上帝的不存在，宣傳無神論，被學校開除；也因此得罪父親，離家獨居。1812年，詩人又偕同新婚的妻子赴愛爾蘭參加那兒人們反抗英國統治的鬥爭，遭到英國統治階級的忌恨。1814年，詩人與妻子離婚，與瑪麗小姐結合。英國當局趁機對詩人大加誹謗中傷，詩人憤然離開祖國，旅居義大利。1822年7月8日，詩人出海航行遭遇暴風雨， 溺水而亡。詩人一生創作了大量優秀的抒情詩及政治詩，《致雲雀》、《西風頌》、《自由頌》、《解放了的普羅米修士》、《暴政的假面遊行》等詩都一直爲人們傳唱不衰。

名作賞析

《西風頌》雪萊「三大頌」詩歌中的一首，寫於1819年。這時詩人正旅居義大利，處於創作的高峰期。這首詩可以說是詩人「驕傲、輕捷而不馴的靈魂」的自白，是時代精神的寫照。詩人憑藉自己的詩才，借助自然的精靈讓自己的生命與鼓蕩的西風相呼相應，用氣勢恢宏的篇章唱出了生命的旋律和心靈的狂舞。

詩共分5節，前3節寫「西風」。那狂烈的西風，它的威力可以將一切腐朽的生命扯碎，天空在它的呼嘯中戰慄著。看吧！那狂暴猶如狂女的頭髮，在天地間搖曳，布滿整個宇宙；那黑夜中濃濃的無邊際的神秘，是西風力量的凝結；那黑色的雨、冰雹和火焰是它的幫手。這力量足以打破一切。

推薦閱讀

《致雲雀》、《自由頌》、《被縛的普羅米修士》

▲羅馬新教徒墓地中的雪萊墓。
碑文如下：

波西．畢西．雪萊
衆心之心

生於一七九二年八月四日
卒於一八二二年七月八日

他的一切都沒有消失
只是經歷了海的變異
已變得豐富而又神奇

在秋天，西風狂暴地將陳腐的生命吹去，以橫掃千軍之勢除去沒有生機的枯葉，吹去那癆病似的生命。然而，它沒有殘殺一粒生命。它要將種子放進冬天深深的心中，在那裏生根發芽，埋下春的資訊。然後，西風吹響春的號角，讓碧綠、香氣布滿大地，讓它們隨著西風運行的足跡四處傳播。經過西風的破壞和培育，生命在旺盛地生長；那景象、那迷人的芳香在迅速地蔓延著，那污濁的、殘破的東西已奄奄一息，在海底戰慄著。

詩人用優美而蓬勃的想像寫出了西風的形象。那氣勢恢宏的詩句，強烈撼人的激情把西風的狂烈、急於掃除舊世界創造新世界的形象展現在人們面前。詩中比喻奇特，形象鮮明，枯葉的腐朽、狂女的頭髮、黑色的雨、夜的世界無不深深地震撼著人們的心靈。

詩歌的後兩段寫詩人與西風的應和。「我跌在生活底荊棘上，我流血了！」這令人心碎的詩句道出了詩人不羈心靈的創傷。儘管如此，詩人願意被西風吹拂，願意自己即將逝去的生命在被撕碎的瞬間感受到西風的精神，西風的氣息；詩人願奉獻自己的一切，爲即將到來的春天奉獻。在詩的結尾，詩人以預言家的口吻高喊：

「要是冬天已經來了，西風呵，春日怎能遙遠？」

這裏，西風已經成了一種象徵，它是一種無處不在的宇宙精神，一種打破舊世界，追求新世界的西風精神。詩人以西風自喻，表達了自己對生活的信念和向舊世界宣戰的決心。

十四行情詩

◇勃朗寧夫人 飛白 譯 *Sonnet of Love*

我捧起我沉重的心，肅穆莊嚴，
如同當年厄雷特拉捧著屍灰甕，
我望著你的雙眼，把所有灰燼
把所有灰燼倒在你的腳邊。你看吧，你看
我心中埋藏的哀愁堆成了山，
而這慘澹的灰裏卻有火星在燒，
隱隱透出紅光閃閃。如果你的腳
鄙夷地把它踩熄，踩成一片黑暗，
那也許倒更好。可是你卻偏愛
守在我身邊，等一陣清風
把死灰重新吹燃，啊，我的愛！
你頭上雖有桂冠為屏，難保證
這場火燒起來不把你的金髮燒壞，
你可別靠近！站遠點兒吧，請！

必讀理由

- 西方早期著名的愛情詩之一
- 勃朗寧夫人的名詩之一
- 選自流傳世界的勃朗寧夫人的詩集《葡萄牙十四行詩》

作者簡介

勃朗寧夫人（1805—1861），19世紀英國女詩人。出生在一個貴族家庭，自小受到良好的教育。詩人15歲時不愼墜馬，兩腿受傷，此後長期臥床生活。期間詩人開始創作詩歌，到1844年，她已成爲英國詩壇上的明星。1846年，年輕的勃朗寧因傾慕詩人的詩才開始瘋狂追求她，詩人經歷了多次的彷徨之後最後答應了年輕人的求婚，但遭到家中的反對。詩人後來將自己在這段戀愛中的心情寫成詩歌，就是後來結集的《葡萄牙十四行詩》。1846年，詩人與勃朗寧一起搬遷到義大利定居，不久結婚。在義大利，詩人病了近30年的雙腿在丈夫的悉心料理下竟奇蹟般地康復了。1861年，詩人走完了其充滿不幸和奇蹟的一生。除了著名的情詩集外，詩人還有一些兒童詩和抒情詩較爲出名。

▲勃朗寧夫人像

名作賞析

推薦閱讀

《勃朗寧夫人抒情十四行詩集》

這首詩是勃朗寧夫人著名的《葡萄牙十四行詩》中的一首。這部十四行詩集共有44首，抒發了詩人在和愛人的戀愛過程中的感受。這首詩是其中的第五首，寫於詩人戀愛的早期。其時詩人渴望獨立堅強的愛情，同時因爲自己的身體殘疾又對愛情心懷猶疑。

詩人的心是沉重的，帶著深深的憂鬱，帶著沉重的擔心。因爲她的心中堆著厚厚的哀愁。這重重的哀愁積聚在詩人的心頭，如死灰一樣灰暗，沒有生氣。詩人捧著自己的心如同厄雷特拉在捧著一隻屍灰甕。詩人望向自己的情人。那眼神中含著怎樣的深情和怎樣的熱切呀！詩人願意將自己的心拋給愛人，將心底的死灰全部地倒在愛人的腳下，任由愛人踩踏。然而，這樣的死灰中竟冒出一點火星，那一點火星只要有一絲清風的吹拂就足以讓死灰復燃。這死寂的灰中還有生命的呼喊，還有愛情的氣息。詩人不在乎愛人將這一點火星踩熄，不在乎愛人將這愛的氣息關閉。詩人願意自己來承擔愛的痛苦。詩人不願意要依附對方和作爲累贅的愛情；如果是

I never gave a lock of hair away
To a man, Dearest, except this to thee,
Which now upon my fingers thoughtfully
I ring out to the full brown length and say
"Take it." My day of youth went yesterday —
My hair no longer bounds to my foot's glee,
Nor plant I it from rose or myrtle tree
As girls do, any more. It only may
Now shade on two pale cheeks, the mark of tears
Taught drooping from the head that hangs aside
Through sorrow's trick. I thought the funeral shears
Would take this first, — but Love is justified
Take it, thou, — finding pure from all those years
The kiss my mother left here when she died

▲勃朗寧夫人手跡。

▲勃朗寧夫人的丈夫勃朗寧。
勃朗寧也是一位很有才華的詩人，他與勃朗寧夫人之間的曲折動人的愛情故事，在當時受到人們的交口稱讚，成為一段佳話。

那樣的愛情，她寧願捨棄，然後獨自承擔失戀的痛苦。

然而，愛人是堅定的，願意守在詩人的身旁，願意給詩人的心帶來生機。愛人願意做一陣清風，哪怕這清風吹起的是一場大火，哪怕這樣的大火會燒壞自己的金髮。詩人的愛情，那心中一直壓抑的熱烈情感，那死灰下面隱藏的一點火紅因此更加奔放和大膽，似乎瞬間就有燎原之勢。在詩的結尾，詩人用俏皮的話語將心中假裝的焦急和憤怒，心中潛藏的幸福和笑意活靈活現地表現了出來。

詩歌受當時流行的浪漫主義的深刻影響，具有明顯的浪漫主義色彩。詩人的心靈在詩中傾訴；每一個意象和動作都指向詩人的心靈，強烈地表達了詩人的自我意識。比喻和用典都巧妙異常，將心中的微妙心情表達得淋漓盡致。詩的結尾，具有詩人所獨具的風趣和戲劇性的對白，很好地表達了詩人心靈中潛藏的樂觀情緒，表現了詩人獨特的敏銳情感和詩歌表現手法。詩歌也使用了重覆的手法來加強情感色彩。

詩人的這些十四行詩是她的愛情的眞實記錄。詩人以其純潔眞摯的感情讓她的愛情得到了高度昇華，同樣，那具有傳奇色彩的愛情使這些詩歌也具有了無窮的魅力。

橫越大海

Across the Sea

◇丁尼生 袁可嘉譯

夕陽西下，金星高照，
　好一聲清脆的召喚！
但願海浪不嗚嗚咽咽，
　我將越大海而遠行；

流動的海水彷彿睡了，
　再沒有濤聲和浪花，
海水從無底的深淵湧來，
　卻又轉回了老家。

黃昏的光芒，晚禱的鐘聲，
　隨後是一片漆黑！
但願沒有道別的悲哀，
　在我上船的時刻；

雖說洪水會把我帶走，
　遠離時空的範圍，
我盼望見到我的舵手，
　當我橫越了大海。

必讀理由

◇ 英國「桂冠詩人」丁尼生的名詩之一
◇ 一曲感人至深的緬懷故友的心靈彈唱
◇ 在西方流傳廣泛

作者簡介

丁尼生（1809—1892），英國維多利亞時期的「桂冠詩人」。生於一個牧師家庭，在很小的時候就顯示出過人的詩才，15歲時就與兩個哥哥共同發表了《兄弟詩集》。1828年進劍橋大學讀書，一改內向寡言的性格，加入詩歌俱樂部，積極參加詩歌活動。1829年，詩人的短詩獲得了劍橋大學頒發的金質獎章。然而，詩人的人生並沒因此而一帆風順。1931年，詩人因父親去世放棄了劍橋的學業。1832年，詩人的《詩集》出版，遭到了評論界的極盡挖苦和攻擊，使得詩人在隨後的十幾年裏未踏足詩壇半步。1833年，已與詩人的姐姐訂婚的摯友又突患絕症，離開了人世。詩人不堪悲痛，只以寫詩來慰藉自己的靈魂。1950年，詩人出版了花費17年時間寫成的《悼念集》，轟動了整個詩壇；同年，詩人和相戀15年之久的戀人結婚，可謂雙喜臨門。隨後，榮譽也紛至遝來，詩人被人們眾口一詞封上了「桂冠詩人」的稱號。晚年的詩人過著安閒的生活，還在上議院獲得了一個席位——那是一個離詩歌，特別是偉大的詩歌作品很遠的地方。所以，晚年的詩人儘管筆耕不輟，但收效甚微。

▲丁尼生像

名作賞析

這首詩出自詩人的詩集《悼念集》，爲詩人的名詩之一。詩人想借這首詩表達自己對逝去摯友的懷念和那種懷念的痛苦。詩人在沉痛的懷念中，意欲乘船橫越大海，去尋找摯友。但詩人又並不局限於此，而是超越了平常的思念之情，在詩中寫出了對人類心靈的思考。

詩人靜立海岸，面對大海。儘管在海的深處有嗚嗚咽咽的悲吟，大海的表情卻是一片寂靜。詩人昂起頭，看到了燦爛的夕陽，「金星高照」。詩人彷彿聽到了一聲召喚，「清脆的召喚」。

推薦閱讀

《早春》、《磨坊主的女兒》、《沖激、沖激、沖激》

詩人要遠行了。就在這個時刻，詩人將遠行的時刻，詩人看到了「黃昏的光芒」，聽到了「晚禱的鐘聲」。那略帶暗淡色彩的夕陽，襯著那教堂的鐘聲，幽幽邈邈的。是天堂的勝景，還是人間美妙的風光？黑夜即將來臨，容不得詩人思索，詩人只能藏起曾經的悲哀，在悲哀的回憶中上船。在沉痛的回憶中，詩人的心如同那海水一樣：儘管有著洶湧澎湃的激情，有著涵蓋宇宙的夢想，但是爲了失去的友人或者前輩的安息，爲了平靜美好的未來，詩人寧願承受一切悲哀和痛苦；詩人沉默而冷靜地站著，思索著即將到來的遠行。

▲《丁尼生詩選》中文版封面。

丁尼生一生創作豐富，影響巨大，他的詩以韻律優美鏗鏘、體裁手法廣泛多樣而著稱。這為他贏得了英國維多利亞時代的“桂冠詩人”和“聖賢”的至高榮譽。

海水在「無底的深淵」中湧來湧去，但它們可以轉回老家。詩人呢？可能面對的是洪水，無情捲走一切的洪水；可能詩人的前面不再有時空，一片混沌。但是詩人是滿懷豪情的，是躊躇滿志、信心百倍的。在詩的結尾，詩人說道：「我盼望見到我的舵手。」

詩的風格是沉鬱的。帶著那種心靈的重負，詩人借助獨特的韻律、恰當的比喻和象徵，完美地唱出了心靈的憂傷和對摯友的深深懷念。從那比喻、象徵中，我們能明顯看出英國抒情詩的傳統表現手法，即對大自然進行深度的挖掘，尋找貼切表現主觀心靈的象徵物。同時，詩中那獨特的旋律又突破了英國詩歌的傳統，拓展了英國詩歌的疆界。

當你老了

◇**葉慈** 袁可嘉 譯 *When You Get Old*

當你老了，頭白了，睡思昏沉，
爐火旁打盹，請取下這部詩歌，
慢慢讀，回想你過去眼神的柔和，
回想它們昔日濃重的陰影；

多少人愛你青春歡暢的時辰，
愛慕你的美麗，假意或眞心，
只有一個人愛你那朝聖者的靈魂，
愛你衰老了的臉上痛苦的皺紋；

垂下頭來，在紅光閃耀的爐子旁，
淒然地輕輕訴說那愛情的消逝，
在頭頂的山上它緩緩踱著步子，
在一群星星中間隱藏著臉龐。

▲茅德．岡像。
茅德．岡是20世紀初愛爾蘭民族自治運動的領導人之一，也是一位美麗的女演員。葉慈狂熱地追求她，但由於種種原因，遭到對方的拒絕。

多情的葉慈長期苦戀著茅德．岡，但卻得不到對方的絲毫回報。他苦惱、感傷、惆悵，並將這種情感注入詩句中，寫下了一首又一首情真意切、幽婉動人的美麗詩歌。《當你老了》即是其中著名的一首。

必讀理由

◇ 西方愛情名詩之一
◇ 歐洲最後的遊吟詩人葉慈的愛情名詩之一
◇ 在世界各國一直傳誦不衰

■作者簡介

▲葉慈像

葉慈（1856—1939），愛爾蘭著名詩人，後期象徵主義詩人的主要代表。出生在一個畫家家庭。1889年，詩人出版其第一部詩集《馬辛的漫遊與其他》。同年，葉慈對美麗的茅德·岡一見鍾情，並且一往情深地愛了她一生，儘管詩人並沒有得到對方的絲毫回報。1891年，詩人來到倫敦，組織「詩人俱樂部」、「愛爾蘭文學會」，宣傳愛爾蘭文學。1896年，他和友人一道籌建愛爾蘭民族劇院，拉開了愛爾蘭文藝復興的序幕。1899年，詩人的詩集《葦叢中的風》獲得最佳詩集學院獎。1902年，愛爾蘭民族戲劇協會成立，詩人任會長。1910年，詩人獲得英國王室年金獎和自由參加任何愛爾蘭政治運動的免罪權。1917年，詩人再次向業已離婚的茅德·岡求婚，被拒絕，同年和另一女子結婚。1923年，詩人獲得諾貝爾文學獎。1932年，詩人創立愛爾蘭文學院。1938年，詩人移居法國，一年後病逝。詩人一生創作甚富，主要作品有詩集《奧伊辛漫遊記》、《後期詩集》等。

■名作賞析

1889年1月30日，23歲的葉慈遇見了美麗的女演員茅德·岡，詩人對她一見鍾情，儘管這段一直糾結在詩人心中的愛情幾經曲折，沒有什麼結果，但詩人對她的強烈愛慕之情卻給詩人帶來了眞切無窮的靈感，此後詩人創作了許多有關這方面的詩歌。《當你老了》就是那些著名詩歌中的一首。其時，詩人還是一名窮學生，詩人對愛情還充滿著希望，對於感傷還只是一種假設和隱隱的感覺。

在詩的開頭，詩人設想了一個情景：在陰暗的壁爐邊，爐火映著已經衰老的情人的蒼白的臉，頭髮花白的情人度著剩餘的人生。在那樣的時刻，詩人讓她取下自己的詩，在那樣的時間也許情人就會明白：詩人的愛是怎樣的眞誠、深切。詩開頭的假設其實是一個誓言，詩人把自己，連同自己的未來一起押給了自己的愛人，這愛也許只是爲了愛人的一個眼神。詩人保證：即使情人老了，自己仍然深愛著她。即使她頭髮花白，即使她老眼昏花，仍然可以爲那一個柔和的眼神帶來的愛慕，帶來的陰影和憂傷回想，讓最後一點的生命帶點充實的內容。在情人的最後歲月裏，詩人極為渴望能在她身邊。

▲葉慈與妻子及子女的合影。

然而，這樣的誓言，這樣的堅定並沒有得到應有的回報。情人是很優秀的：美麗、年輕而有著令人仰羨的內秀。這注定了詩人愛情的艱難和曲折。那些庸俗的人們同樣愛慕著她，為她的外表，為著她的年輕美麗——他們懷著假意，或者懷著真心去愛。但是，詩人的愛不是這樣，詩人愛著情人的靈魂——那是朝聖者的靈魂；詩人的愛也因此有著朝聖者的忠誠和聖潔；詩人不僅愛情人歡欣時的甜美容顏，同樣愛情人衰老時痛苦的皺紋。詩人的愛不會因為愛情的艱辛而有任何的卻步，詩人的愛不會因為情人的衰老而有任何的褪色，反而歷久彌新，磨難越多愛得越堅篤。

雖然自己的苦戀毫無結果，詩人仍會回憶那追求愛情的過程，追思那逝去的歲月，平靜地讓愛在心裏，在嘴唇間流淌。詩人所擔心的是情人。她會在年老的時候為這失去的愛而憂傷嗎？她會淒然地訴說著曾經放在面前的愛情嗎？詩人的愛已經昇華。那是一種更高境界的愛——在頭頂的山上，在密集的群星中間，詩人透過重重的帷幕，深情地關注著情人，願情人在塵世獲得永恆的幸福。

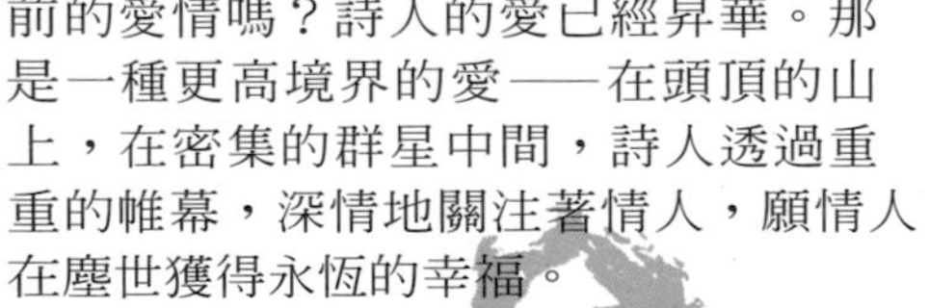

推薦閱讀

《抒情詩人葉慈詩選》

序曲

Prelude

◇艾略特　趙毅衡 譯

冬夜帶著牛排味
凝固在過道裏。
六點鐘。
煙騰騰的白天燒剩的煙蒂。
而現在陣雨驟然
把萎黃的落葉那污穢的碎片
還有從空地吹來的報紙
裹捲在自己腳邊。
陣雨敲擊著
破碎的百葉窗和煙囪管，
在街道的轉彎
一匹孤獨的馬冒著熱氣刨著蹄，
然後路燈一下子亮起。

◇ 英國大詩人艾略特早期的佳作之一
◇ 艾略特著名長詩《荒原》的縮影
◇ 以典型意象的組合反映了西方現代都市文明的沒落和匱乏

作者簡介

艾略特（1888—1965），英國現代著名詩人，西方現代派文學思潮的奠基者。出生在美國，祖父是華盛頓大學的創建人，父母都出身在文化層次較高的家庭。1906年，詩人入哈佛大學學習哲學。1908 年接觸到象徵主義詩歌，開始了對現代主義詩歌的探索。1910—1911年和1914年，他先後在巴黎大學學習，仍學哲學，隨後就在德國找了一份研究員的工作。1915年，他和英國少女維芬結婚，從此定居英國，同年發表第一首詩歌。1920年，詩人出版了其第一部詩歌評論集《聖林》。1921年，詩人妻子發瘋，他精神幾近崩潰，也就在這一年他寫出了長詩《荒原》的大部分。1922年，他創辦著名的文學評論雜誌《標準》，並擔任了長達17年的主編，發表著名的長詩《荒原》。1927年，詩人加入英國的國教和英國國籍。1932年，詩人和已瘋的妻子分居。1934—1943年完成其後期的代表作《四個四重奏》。晚年的詩人基本上沉迷於宗教，創作了大量的宗教詩。1948年，詩人因爲對現代詩歌做出的開創性貢獻獲得了諾貝爾文學獎。1957年，他和自己的秘書法萊麗結婚，曾爲此寫過一些歌唱愛情的詩歌。1965年1月，詩人病逝於倫敦。

▲艾略特像

名作賞析

這首詩選自艾略特的組詩《序曲》，是四首中的第一首，寫於1917年，是詩人早期的佳作之一。它的寫作年代比《荒原》（1920年）還要早。從這首詩中，我們能看出艾略特思想的發展軌跡。可以說，這首詩是他思想歷程的一個見證，展示了「荒原」的一角。

推薦閱讀

《窗前晨景》、《荒原》

詩歌以幾個獨特的意象的巧妙組結，表現了一個黃昏時的西方現代城市的影像，一個有典型意義的時刻和場景。在一個清冷的冬夜，城市內飄散著牛排的味道，最後在人們要經過的過道裏凝固，久久不散。這樣的夜就是資本主義社會的一個縮影，這樣的過道就是人類路程的象徵。

「六點鐘」，簡單三個字點明了時間。白晝很快就消逝了，如同一支煙的工夫，只剩下一個蒼白的、冒著青煙的煙蒂。黃昏降臨，陣雨驟然，風挾裹著雨吹掃著殘敗的枯葉、污穢的碎片和破爛不堪的報紙。那陣雨是要沖刷什麼嗎？那敲擊百葉窗和煙囱的聲音是不是也在訴說著什麼？那混合著碎片和污穢的雨水是一股洶湧的暗流嗎？是不是要突然匯爲一場洪水，沖刷出一個嶄新的世界？馬渾身冒著熱氣，不安地刨著蹄。這時路燈亮起來了，但那昏黃的燈光在這樣的世界裏也於事無補，世界仍然充滿著死寂的憂愁和暗淡。這首詩可以說是《荒原》的縮微。

▲艾略特（右）與友人在一起。
艾略特是西方後期象徵主義詩人最傑出的代表。他的長詩《荒原》是西方現代詩歌史上一部里程碑式的傑作。該詩在一個複雜的象徵框架中，以極其強烈的暗示和多層次、多側點的意象，展示了第一次世界大戰後西方文明的危機和傳統價值觀念的沒落，反映了整整一代人的幻滅和絕望。

這首詩在詩體、韻律和語言上頗具特色，形體自由，語言靈活，節奏和諧。詩人一方面受象徵主義的影響，採用象徵手法來表現詩人對現代都市的獨特感受和深刻認識；另一方面，明顯受意象主義的啓發，不用濃重的個人色彩而是用獨特的意象來描摹現實，讓讀者自己得出結論。那殘破的落葉、報紙，還有那破碎的百葉窗和高高的煙囱都象徵著現代都市文明的沒落和匱乏；那「孤獨的馬不安地刨著蹄」是詩人內心的一種生動寫照，還有那燈光也是一種暗示，暗示著希望或者詩人內心的一種信仰。

黃昏的和諧

◇波特萊爾　陳敬容 譯　*Twilight Harmony*

時辰到了，在枝頭顫慄著，
每朵花吐出芬芳像香爐一樣，
聲音和香氣在黃昏的天空迴盪，
憂鬱無力的圓舞曲令人昏眩。

每朵花吐出芬芳像香爐一樣，
小提琴幽咽如一顆受創的心；
憂鬱無力的圓舞曲令人昏眩
天空又愁慘又美好像個大祭壇！

小提琴幽咽如一顆受創的心，
一顆溫柔的心，他憎惡大而黑的空虛，
天空又愁慘又美好像個大祭壇，
太陽沉沒在自己濃厚的血液裏。

一顆溫柔的心，他憎惡大而黑的空虛，
從光輝的過去採集一切的跡印！
天空又愁慘又美好像個大祭壇，
你的記憶照耀我，像神座一樣燦爛！

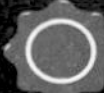

必讀理由

◇ 波特萊爾的代表作
◇ 西方象徵主義詩歌的代表作
◇ 被西方名人評為「是詩歌對音樂的勝利」

■作者簡介

▲波特萊爾像

波特萊爾（1821—1867），19世紀法國著名詩人，象徵派詩歌的奠基人。出生於貴族家庭。6歲時父親去世，其母改嫁給一個古板偏狹的軍官。詩人青年時代靠父親的遺產過著放浪形骸、縱情聲色的生活，整日流浪於現代都市中，處處標新立異，和女演員同居，終於窮困潦倒；同時開始文學創作。1857年，他的詩集《惡之花》出版，引起軒然大波：一方面咒罵之聲不絕如縷，竟至於有官方出面將之查封，判處詩人傷風敗俗的罪名；另一方面許多著名作家好評如潮，一些報紙爭相刊登爲《惡之花》辯護的文章。詩人最終頂住了威脅和打擊，繼續寫詩，並於4年之後出版了《惡之花》第二版，成爲當時很多青年人的精神導師。儘管如此，詩人還是沒有擺脫貧病交加的生活。1867年，名滿天下的波特萊爾在貧病交加中死去。除了著名的《惡之花》外，詩人還有散文詩集《巴黎的憂鬱》，畫評《1854年的沙龍》等作品。

■名作賞析

《黃昏的和諧》爲詩人的詩集《惡之花．憂鬱和理想》中的一首情詩。詩人想用黃昏的意象來表達自己與情人在一起的美好時光裏的歡樂、痛苦和聖潔的感情。

推薦閱讀

《應和》、《憂鬱》、《巴黎之夢》

「時辰到了」，詩的開頭這樣說道，沒有絲毫的遲疑和停頓，似乎從詩人的口中脫口而出。詩人等了好久了嗎？無論如何，黃昏已經到了。詩人開始展開自己的心懷，用那美麗的意象，用那有著靈魂的事物來象徵詩人的心靈或別的什麼。

在這黃昏的時刻，花兒散發著芬芳，似乎在傾吐靈魂的憂鬱，詩人聽到了聲音；小提琴在幽幽咽咽地傾訴，那音樂似詩人心靈的流淌，流淌著詩人的悲傷，又似冥和著天空，天空是美的，那種愁雲慘澹的淒美。在這個黃昏，如血的太陽下沉，染紅了西邊的天空。在那一刻，詩人敏感的心如花一樣在戰慄，詩人完全沉浸在對美好時光的回憶中，爲那天空的悲哀和美麗震撼了。最後，詩在「神座一樣燦爛」的氛圍中結束，詩人在黃昏的美麗中、在美好的回憶中獲得了解脫，進入了物我兩忘的境界。

這首詩是波特萊爾的代表作，也是歐洲象徵主義詩歌的代表作，它形象地表現了象徵主義詩歌的特點和美學追求。詩中的每一個意象都是詩人心靈的流露，是詩人的情感抒發。那花的戰慄就是詩人的顫慄，那幽咽的聲音就是詩人心的哭泣聲，那天空的淒愁象徵著詩人憂鬱的心境。詩人奔走在這喧囂的世界，體味情感的波瀾，在萬物中，在它們的動靜中尋找詩的意象，尋找心靈的象徵，摹畫心靈的美。詩人的美是憂鬱的，無論那花、那音樂、那天空都蒙著重重的帷幕，沉沉的。

▲波特萊爾詩集《惡之花》中文版封面。
該詩集為波特萊爾的代表作，也是法國象徵主義文學的開山之作，描寫了大城市的罪惡，展現了一個孤獨、病態而悲愴的詩人追求光明幸福卻感到幻滅的苦悶和憂鬱。

另外，詩的詩體頗爲獨特。詩人放棄了慣用的「商籟體」，而採用來自馬來的詩體：全詩上段的二四兩句和下段的一三兩句重覆，韻律嚴格。這不僅加重了詩的意象，使情緒的表達更加濃重，而且也增強了詩的節奏，音樂感極強，一詠三歎，纏綿悱惻。其實，對音樂感的追求也是法國象徵主義詩歌的一個特點，有人就曾說過，這首詩是詩歌對音樂的勝利。

流派溯源

象徵主義，19世紀後半葉出現於法國，後遍及世界的文學流派，其主要的成績是詩歌，因1886年莫洛阿斯在《費加羅報》上發表《象徵主義宣言》而得名。無論是它的理論還是創作都分為兩期：前期以波特萊爾和馬拉美為代表，主張通過象徵、意象來達到與世界本質的神秘契合；後期以瓦萊里和葉慈為代表，強調詩歌形式本身的意義。儘管如此，象徵主義在注重語言的啓迪性、暗示性，主張詩要賦予世界以意義等方面都達成了一致。

烏鴉

The Crow

◇蘭波 錢春綺 譯

主啊，當草原寒氣襲人，
在萎靡的小村莊裏，
在凋零的大自然裏，
讓烏鴉從太空裏飛下，
那些可愛的奇妙的烏鴉。

叫聲淒厲的奇怪的隊伍，
冷風吹襲你們的窠！
你們沿著黃色的河，
沿著舊十字架的道路，
在溝渠上面，在窪地上空，
你們飛散著，請再來集中！

在那些前日的死者
長眠的法國原野上面
成群盤旋吧，可好？在冬天，
爲了喚起行人的感慨，
請盡你們的義務喊叫，
哦，我們的淒沉的鳥！

必讀理由

◇ 蘭波的代表作之一
◇ 描繪了一幅19世紀法國腐朽頹廢的社會圖景
◇ 體現了象徵主義詩歌中人類心靈和自然世界神秘冥合的特徵

可是，諸聖啊，讓五月之鶯
在那沉沒於良宵的桅杆，
在那橡樹的高枝上面，
爲林中的羈客長鳴，
他們在草中無法離開，
那些沒有前途的失敗者！

作者簡介

▲蘭波像

蘭波（1854—1891），19世紀法國象徵主義詩人。出生在法國西北部的一個小城。蘭波出生不久，其父便拋棄了蘭波母子二人。母親將這種痛苦轉嫁到孩子身上，使得家庭氣氛沉悶。蘭波在這樣的日子中度過了童年，還有過三次離家出走的經歷。詩人15歲時就寫下了名詩《元音》、《醉舟》。1869年，詩人再次出走，來到巴黎，和另一位詩人魏爾倫認識。不久兩人之間產生了超出朋友的感情，成爲一對戀人，魏爾倫拋棄妻子和詩人一起離家出走。1873年，詩人提出分手，遭到魏爾倫槍擊而受傷。不久詩人寫下了著名的散文詩集《地獄的一季》；同年，詩人放下詩筆，從事商業活動。詩人在其短短的6年創作生涯中，僅留下70餘首詩和40多首散文詩，但影響很大。1891年，詩人身患癌症離開人世，年僅37歲。

名作賞析

這首詩寫於普法戰爭（1870年）之後，詩人借著戰爭的失利和生命的死亡來講述自己心中的生活感受。

詩人在生命的重重陰影中歎息、悲哀，帶著難以言狀的沉淪和失望。世界也是這樣：那草原、村莊，還有那群烏鴉，都面臨著這樣的困境。草原上，寒風在吹著，綠色在這樣的世界上已沒有立足之地。村莊更是在寒風中瑟瑟發抖，幾座用蓬草搭起的茅屋是唯一的風景，和草原一樣的乾枯，孤獨而單調地立在那兒。凋零！

這凋敝的草原上突然有一群精靈飛起。是烏鴉！它們叫聲淒厲，是爲人間的悲劇，還是爲自己的命運？草原上站著一些光禿杈枒的樹，樹枝間的窠，是烏鴉僅有的棲身之所，那堅硬、冰冷的窠更是嚴酷的寒風的襲擊對象。在黃色的河流上空，在兩旁插滿十字架的道路中，在陰暗的小水溝上面，烏鴉在飛翔著，散落在那任何可能藏有腐朽和死亡的地方。

詩人說：「請再來集中。」詩人突然跳出來呼喊，盤旋吧，人間的精

▲蘭波（左二）與象徵主義詩人的詩歌聚會。
這些象徵主義詩人在詩歌創作中注重用象徵、意象的手法來達到心靈世界與自然本質的神秘契合。他們以其反叛而不失傳統的詩風，哀傷又不悲痛的詩意，將法國的詩歌藝術推向了一個高峰。

《元音字母》、《谷中睡眠者》

靈！在冰冷僵硬的屍體上面，在死氣沉沉的法國上空，掃蕩人間那些行將逝去的骯髒靈魂吧！喊叫吧，人間的精靈！讓那些渾渾噩噩的人們清醒過來，讓路過的行人知道這國家的腐朽！這也是詩人的願望和心聲。

詩人在最後一段把烏鴉說成是「五月之鶯」，它在那沉沉的夜中，在桅杆上，在高高的橡樹上鳴叫。詩人借著這淒厲的鳴叫要喚醒人類心中埋藏的激情和美好理想。這是詩人的寄託嗎？詩人該是那羈留在叢林中的天涯倦客，該是生活的失敗者——也許是英雄窮途。

這首詩體現了蘭波詩歌的顯著特徵。蘭波是波特萊爾的第一個繼承人，同時他還發展了波特萊爾的象徵主義理論。他認爲詩歌是人的心靈世界和自然世界冥合的結果，是詩人的一種通感的表達，他還認爲詩歌應注重對主觀情感的抒發，要用虛幻的世界來表現心靈。在這首詩中，詩人似乎和那原野、村莊、烏鴉合一了——那處境既是它們的處境也是詩人的生活處境，鳴叫、堅強同樣是詩人的呼喊和堅強。

詩人走在田野上

A Poet Walks in the Field

◇雨果 金志平 譯

詩人走到田野上；他欣賞，
他讚美，他在傾聽內心的豎琴聲。
看見他來了，花朵，各種各樣的花朵，
那些使紅寶石黯然失色的花朵，
那些甚至勝過孔雀開屏的花朵，
金色的小花，藍色的小花，
爲了歡迎他，都搖晃著她們的花束，
有的微微向他行禮，有的做出嬌媚的姿態，
因爲這樣符合美人的身分，她們
親暱地說：「瞧，我們的情人走過來了！」
而那些生活在樹林裏的蔥蘢的大樹，
充滿著陽光和陰影，嗓子變得沙啞，
所有這些老頭，紫杉，菩提樹，楓樹，
滿臉皺紋的柳樹，年高德劭的橡樹，
長著黑枝杈，披著蘚苔的榆樹，
就像神學者們見到經典保管者那樣，
向他行著大禮，並且一躬到底地垂下
他們長滿樹葉的頭顱和常春藤的鬍子，
他們觀看著他額上寧靜的光輝，
低聲竊竊私語：「是他！是這個幻想家來了！」

必讀理由

- 法國浪漫主義詩人雨果的名詩之一
- 詩中人與自然合一的思想奠定了法國後期詩風的基調

作者簡介

雨果（1802—1885），19世紀法國浪漫主義文學的主要代表人物，著名詩人。出生於一個名門望族。詩人自幼即表現出文學天賦，20歲因發表詩集得到國王頒發的年金，大約同時他開始寫作小說。1827年，他發表劇本《克倫威爾》及其序言，一躍成爲法國浪漫主義運動的領袖。1829年，其戲劇《歐那尼》上演，奠定了浪漫主義在法國文壇的主導地位。1831年，詩人發表長篇小說《巴黎聖母院》。在隨後的10年裏他又寫下了《秋葉集》、《微明之歌》等詩集。1841年，詩人入選法蘭西學士院。1845年成爲貴族院議員。1851年拿破崙三世發動政變，詩人因參加反政變活動被流放海外，在一個小島上度過了十幾年的艱苦生活。期間詩人創作了《悲慘世界》、《笑面人》、《海上勞工》等著名作品。1870年，普法戰爭中，拿破崙三世戰敗，詩人回到離別近20年的祖國，積極參加抗普戰鬥；在巴黎公社運動中，他堅決支持公社的活動，公社失敗後，他積極營救公社社員。晚年，詩人精力仍很旺盛，1883年還發表長詩《歷代傳說》。1885年，雨果逝世，法國人民爲他舉行了國葬，將他的遺體安放在「先賢祠」裏。

▲雨果像

名作賞析

這首詩寫於1831年夏天。這時的法國剛剛取得七月革命的勝利，全國處在一片歡騰之中，詩人毫無疑問受到了很大的感染。而詩人創作的浪漫主義名劇《歐那尼》也一炮走紅，在與保守的古典主義的鬥爭中取得了勝利。詩人心情激奮，意氣風發。

推薦閱讀

《在大海邊》、《這時代偉大而強勁》、《讓我們永遠相愛》

這首詩主要是詩人自己的思想表達。在詩中，雨果用自己的「英雄風姿」和「富麗堂皇的辭藻」表達了自己心中對自然界生命和詩人智慧的讚美和歌頌。田野是自然的象徵和生命活動的美麗場所。詩人來了，帶著一種讚賞的目光，帶著一顆熱愛萬物的心。在詩人的心中，有美妙的音樂在流動著，在傾吐著。田野裏的花木似乎也受到了詩人情緒的感染，它們搖首揮手，向詩人致意，歡迎詩人的到來。看那花，鮮紅得足以使紅寶石都失去光彩，層層疊疊的花瓣使開了屏的孔雀難以與其媲美。再看那些樹，蒼翠欲滴，繁密的樹葉在陽光映照下容光煥發，在風的伴唱中婆娑起舞。紫杉、橡樹、榆樹等高大的形象代表著各式的德行和各樣的高尚。這些在詩人的眼中出現，在詩人的心中播種著美好的東西。

詩人正是在它們的歡欣中，在它們的歡迎中寫出了他的偉大智慧。那花的舞蹈是爲了詩人的到來，那高大和茂密的樹在低聲私語，讚美大自然的精靈和詩人的心靈。在花的心中，詩人能作爲情人，因爲詩人的心有著花一樣的美麗；在樹的眼中，詩人有著最神奇的想像力，幻想在詩人的心中飛翔，可以化爲一首首讚歌。

這首詩集中體現了詩人詩歌的特點和風格。詩歌辭藻華麗，修飾和比喻層疊出現，意象繁豐而不亂，充實而略顯雕琢。擬人手法的使用更是恰到好處，準確到位地寫出了詩人與自然之間一定層次上的融合。詩中正是通過這些表現手法寫出了詩人的浪漫主義思想，表現了浪漫主義詩歌的典型特點。詩中表面上是在描寫和讚美大自然，事實上是在表達詩人心中的思想，表達了詩人心中的感情和詩人崇高而優美的心靈。詩人正是以這種華美清麗、熱烈奔放的詩風奠定了法國浪漫主義詩歌的主流風格，同時，詩中表現的人與自然合一的思想也影響到了法國後來的詩歌風格。

▲法國根西的奧特維爾大院，雨果曾在該院居住過。

天鵝

◇馬拉美　施康強 譯　*The Swan*

純潔、活潑、美麗的，他今天
是否將撲動陶醉的翅膀去撕破
這一片鉛色的堅硬霜凍的湖波
阻礙展翅高飛的透明的冰川！

一頭往昔的天鵝不由追憶當年
華貴的氣派，如今他無望超度
枉自埋怨當不育的冬天重返
他未曾歌唱一心嚮往的歸宿。

他否認，並以頎長的脖子搖撼
白色的死灰，這由無垠的蒼天
而不是陷身的泥淖帶給他的懲處。

他純淨的光派定他在這個地點，
如幽靈，在輕蔑的寒夢中不復動彈：
天鵝在無益的謫居中應有的意念。

必讀理由

- ◇法國「詩人之王」馬拉美的代表作之一
- ◇鮮明的意象背後蘊含著豐富深刻的內涵
- ◇具有獨樹一幟的唯美色彩

作者簡介

▲馬拉美像

馬拉美（1842—1898），法國早期象徵主義詩歌大師。出生於世代官宦家庭。詩人很小的時候，母親、父親和姐姐相繼離開人世，詩人成了一個孤兒，只是在外祖母的懷中得到一些關懷。中學時代，詩人迷上了詩歌。1862年，詩人開始發表詩歌，同年去英國進修英語。次年詩人回到法國。1866年，詩人的詩歌開始受到詩壇的關注。1876年，詩人的《牧神的午後》在法國詩壇引起轟動。此後，詩人在家中舉辦的詩歌沙龍成爲當時法國文化界最著名的沙龍，一些著名的詩人、音樂家、畫家都是他家的常客，如魏爾倫、蘭波、德彪西、羅丹夫婦等等。因爲沙龍在星期二舉行，被稱爲「馬拉美的星期二」。1896年，詩人被選爲「詩人之王」，成爲法國詩壇現代主義和象徵主義詩歌的領袖人物。詩人晚年的詩作晦澀難懂，成就不大。

名作賞析

詩人曾經說過：「冬日，那清醒的冬日，才是明淨藝術的季節。」那樣的冬天給了詩人怎樣的共鳴，怎樣的思考呢？是不是那樣的寒冷正好刺痛了詩人的神經，讓詩人產生了冷靜的思考。《天鵝》寫於詩人創作的早期，其時詩人正處於創作低潮期，生活也不是很令人滿意。在那樣的寒冷中，詩人的思考就深沉地刺進了世界的深處。

詩主要描寫一隻冬天的天鵝。詩的開頭用來修飾天鵝的詞都可以用來修飾天使，人間的精靈。然而在寒冷的冬天，在冰封的湖面上，天鵝在沉沉睡去。天空的積雲還沒有散去，顯示著冰冷堅硬的鉛灰色；湖面死氣沉沉，寒冷凍僵了所有的聲音。睡去的天鵝並沒有忘記自己的出身，華貴的氣派，有著優美的內心夢想。天鵝仇視這寒冷和鉛灰色的天空，天鵝的夢想在這樣的天空上不能展現，也不想展

推薦閱讀

《夏愁》、《春天》、《藍天》

▲《馬拉美詩全集》封面。
馬拉美是19世紀法國詩壇上象徵主義詩人中的領袖人物，有「詩人之王」的美譽。他的詩引入了音樂、舞蹈、建築，甚至靈悟的禪學理念，精緻幽微、細膩清純、典雅華美，具有極高的美學價值。

現。天鵝受傷了，陷入深深的憂傷和痛苦中。

這樣的處境就是天鵝的宿命嗎？天鵝，擺動他白色的頸項──純潔靈動的曲線，否認自己身陷泥淖之中。天鵝認爲自己困留在這樣的世界，是因爲那天空，那沒有生機的天空， 陷它於這樣的處境。天鵝的夢想受到了致命的打擊。它絕望了，夢想在自己的心靈中死去。天鵝純潔的心靈，那份純淨的光讓它只能在這樣的寒夢中蟄伏，在沉沉的意念中守著自己的純潔和神聖的美麗。

這天鵝也是詩人自己的象徵，天鵝夢想的破滅象徵著詩人心靈受到創傷，天鵝的意念和信仰正是詩人的意念和信仰。在對天鵝的描寫中，詩人的心也在承受著巨大的悲痛和深深的失望。詩人想在這令人失望的世界中蟄伏，保持自己高傲的形象，不惜以犧牲爲代價。

馬拉美是象徵主義詩歌理論的最終完成者，他的詩歌在藝術的表現手法和藝術形式上將象徵主義詩歌的特點表現得極其完整而到位。詩中的天鵝、天鵝的姿態、結冰的湖面組合成的畫面，描繪出的自然正是詩人和詩人所在世界的象徵，其背後有著深刻的內涵，可能指向著一個更具精神性的世界。

詩歌在用詞和音樂的追求上也達到了一個新的高度。詩歌在語言的組織上韻律得當，有著明顯的音響效果，體現了詩人自己所說的詩歌主張：要依靠音響的效果來組織詞句。

海濱墓園

Seaside Cemetery

◇瓦萊里 卞之琳 譯

這片平靜的房頂上有白鴿蕩漾，
它透過松林和墳叢，悸動而閃亮。
公正的「中午」在那裏用火焰織成
大海，大海啊永遠在重新開始！
多好的酬勞啊，經過了一番深思，
終得以放眼遠眺神明的寧靜！

微沫形成的鑽石多到無數，
消耗著精細的閃電多深的功夫，
多深的安靜儼然在交融創造！
太陽休息在萬丈深淵的上空，
爲一種永恆事業的純粹勞動，
「時光」在閃爍，「夢想」就是悟道。

穩定的寶庫，單純的米奈芙神殿，
安靜像山積，矜持爲目所能見，
目空一切的海水啊，穿水的「眼睛」
守望著多沉的安眠在火幕底下，
我的沉默啊！……靈魂深處的大廈，
卻只見萬瓦鑲成的金頂、房頂！

必讀理由

- ◇西方乃至世界詩歌史上的不朽傑作
- ◇瓦萊里的代表作
- ◇一首人生、生死、生命、自然的交響曲
- ◇被譯為多國文字，影響巨大

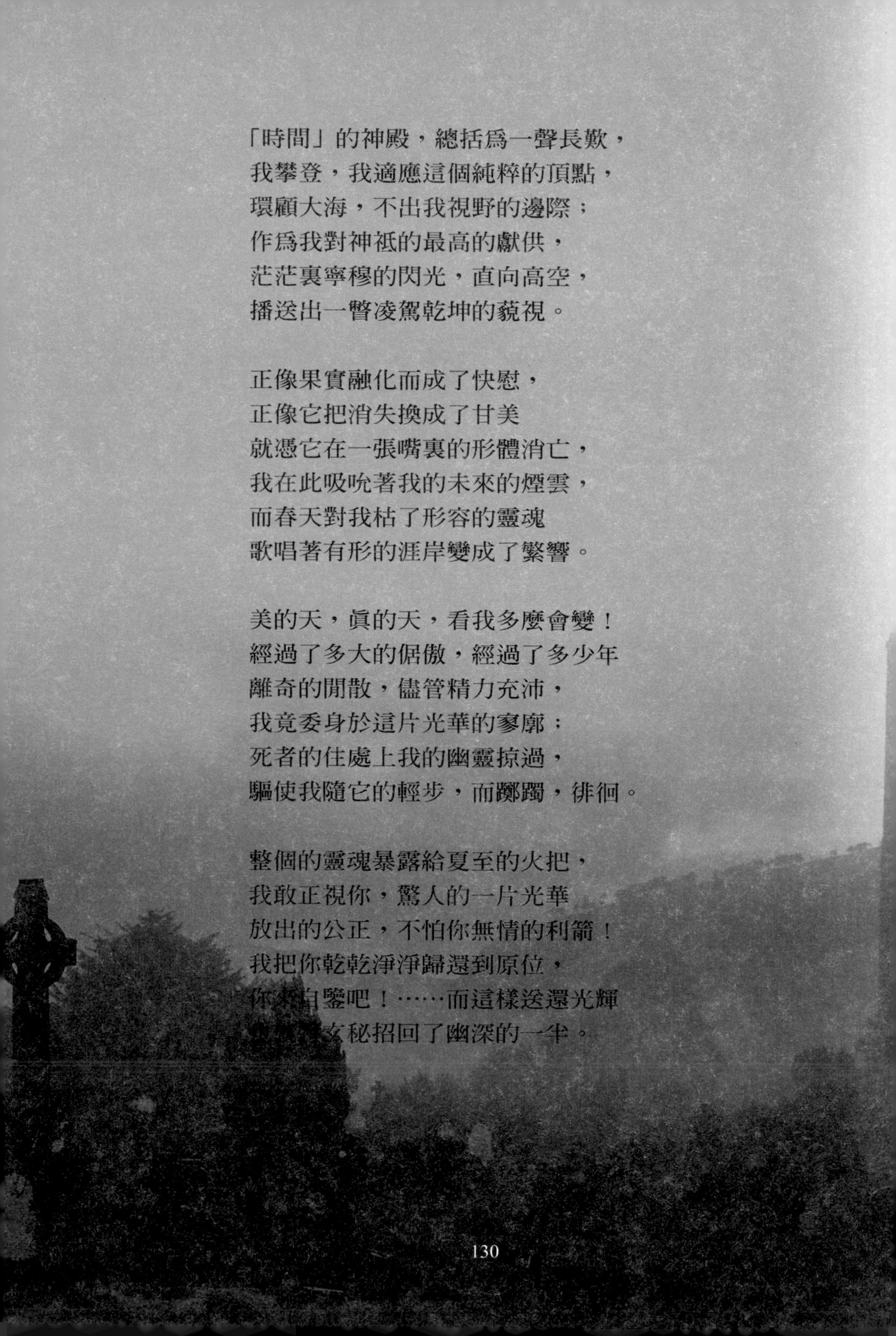

「時間」的神殿，總括爲一聲長歎，
我攀登，我適應這個純粹的頂點，
環顧大海，不出我視野的邊際；
作爲我對神祇的最高的獻供，
茫茫裏寧穆的閃光，直向高空，
播送出一瞥凌駕乾坤的藐視。

正像果實融化而成了快慰，
正像它把消失換成了甘美
就憑它在一張嘴裏的形體消亡，
我在此吸吮著我的未來的煙雲，
而春天對我枯了形容的靈魂
歌唱著有形的涯岸變成了繁響。

美的天，眞的天，看我多麼會變！
經過了多大的倨傲，經過了多少年
離奇的閒散，儘管精力充沛，
我竟委身於這片光華的寥廓；
死者的住處上我的幽靈掠過，
驅使我隨它的輕步，而躑躅，徘徊。

整個的靈魂暴露給夏至的火把，
我敢正視你，驚人的一片光華
放出的公正，不怕你無情的利箭！
我把你乾乾淨淨歸還到原位，
你來自鑒吧！……而這樣送還光輝
[illegible]玄秘招回了幽深的一半。

啊，爲了我自己，爲我所獨有，
靠近我的心，靠近詩情的源頭，
介乎空無所有和純粹的行動，
我等待回聲，來自內在的宏麗，
苦澀，陰沉而又嘹亮的水池，
震響靈魂裏永遠是再來的空洞。

知道嗎，你這個爲枝葉虛捕的海灣，
實際上吞噬著這些細瘦的鐵柵，
任我閉眼也感到奧秘刺目，
是什麼軀體拉我看懶散的收場，
是什麼頭腦引我訪埋骨的地方？
一星光在那裏想我不在的親故。

充滿了無形的火焰，緊閉，聖潔，
這是獻給光明的一片土地，
高架起一柱柱火炬，我喜歡這地點，
這裏是金石交織，樹影幢幢，
多少塊大理石顫抖在多少個陰魂上；
忠實的大海倚我的墳叢而安眠。

出色的忠犬，把偶像崇拜者趕跑！
讓我，孤獨者，帶著牧羊人笑貌，
悠然在這裏放牧神秘的綿羊——
我這些寧靜的墳墓，白碑如林，
趕開那些小心翼翼的鴿群，
那些好奇的天使、空浮的夢想！

人來了，未來卻充滿了懶意，
乾脆的蟬聲擦刮著乾燥的土地；
一切都燒了，毀了，化爲灰燼，
轉化爲什麼樣一種純粹的精華……
爲煙消雲散所陶醉，生命無涯，
苦味變成了甜味，神志清明。

死者埋藏在墳塋裏安然休息，
受土地重溫，烤乾了身上的神秘。
高處的「正午」，紋絲不動的「正午」，
由內而自我凝神，自我璀璨……
完善的頭腦，十全十美的寶冠，
我是你裏邊秘密變化的因素。

你只有我一個承擔你的恐懼！
你的後悔和拘束，我的疑慮，
就是你宏偉的寶石發生的裂縫！……
但是啊，大理石底下夜色沉沉，
卻有朦朧的人群，靠近樹根，
早已慢慢地接受了你的豐功。

他們已經溶化成虛空的一堆，
紅紅的泥土吸收了白白的同類，
生命的才華轉進了花卉去舒放！
死者當年的習語、個人的風采、
各具一格的心竅，而今何在？
蛆蟲織絲在原來湧淚的眼眶。

那些女子被撩撥而逗起的尖叫，
那些明眸皓齒，那些濕漉漉的睫毛，
喜歡玩火的那種迷人的酥胸，
相迎的嘴唇激起的滿臉紅暈，
最後的禮物，用手指招架的輕盈，
都歸了塵土，還原爲一場春夢。

▲寧靜的墳叢，白碑如林，多少塊大理石顫抖在多少個陰魂上，死者當年的習語、個人的風采、各具一格的心竅，而今何在？

而你，偉大的靈魂，可要個幻景，
而又不帶這裏的澄碧和黃金
爲肉眼造成的這種錯覺的色彩？
你煙消雲散可還會歌唱不息？
得！都完了！我存在也就有空隙，
神聖的焦躁也同樣會永遠不再。

瘦骨嶙峋而披金穿黑的「不朽」
戴著可憎的月桂冠冕的慰藉手，
就會把死亡幻變成慈母的懷抱，
美好的海市蜃樓，虔敬的把戲！
誰不會一眼看穿，誰會受欺——
看這副空骷髏，聽這場永恆的玩笑！

深沉的父老，頭腦裏失去了住戶，
身上負荷著那麼些一鏟鏟泥土，
就是土地了，聽不見我們走過，
眞正的大饕，辯駁不倒的蠕蟲
並不是爲你們石板下長眠的人衆，
它就靠生命而生活，它從不離開我！

愛情嗎？也許是對我自己的憎恨？
它一副秘密的牙齒總跟我接近，
用什麼名字來叫它都會適宜！
管它呢！它能瞧，能要，它能想，能碰，
它喜歡我的肉，它會追隨我上床，
我活著就因爲從屬於它這點生機！

齊諾！殘忍的齊諾！伊利亞齊諾！
你用一枝箭穿透了我的心窩，
儘管它抖動了，飛了，而又並不飛！
弦響使我生，箭到就使我喪命！
太陽啊！……靈魂承受了多重的龜影，
阿基利不動，儘管他用足了飛毛腿！

不，不！……起來！投入不斷的未來！
我的身體啊，砸碎沉思的形態！
我的胸懷啊，暢飲風催的新生！
從大海發出的一股新鮮氣息
還了我靈魂……啊，鹹味的魄力！
奔赴海浪去，跳回來一身是勁！

沉睡的靈魂，起來！奔赴海浪去，投入不斷的未來，砸碎沉思的形態，暢飲風催的新生。

狂勁的海風，洶湧的海浪，摧毀這死寂枯萎的世界，催生出一個生氣鮮活的新世界。

對！賦予了譫狂天稟的大海，
斑斑的豹皮，絢麗的披肩上綻開
太陽的千百種，千百種詭奇的形象，
絕對的海蛇怪，爲你的藍肉所陶醉，
還在銜著你粼粼閃光的白龍尾，
攪起了表面像寂靜的一片喧嚷。

起風了！……只有試著活下去一條路！
無邊的氣流翻開又闔上了我的書，
波濤敢於從岩口濺沫飛迸！
飛去吧，令人眼花繚亂的書頁！
迸裂吧，波浪！用漫天狂瀾來打裂
這片有白帆啄食的平靜的房頂。

作者簡介

▲瓦萊里像

瓦萊里（1871—1945），法國後期象徵主義詩人的代表，公認的「20世紀法國最偉大的抒情詩人」。出生在地中海沿岸的小城賽特。9歲時隨父母遷居蒙彼利埃。1891年，詩人結識馬拉美，進入法國文藝圈。1892年，詩人沉入了抽象的形而上學的沉思中，離開詩壇十餘載。1913年，在好友紀德的再三催促下，詩人開始整理自己早期的詩歌，在寫作後記詩時竟一發不可收拾，在其後的3年裏寫下了五百多行。1917年，詩人將它以《年輕的命運女神》爲題發表，引起法國詩界的震撼。1925年，詩人當選爲法蘭西學院院士。此後，詩人在法國文化界擔任了很多職務，經常出國講學。1945年，詩人在巴黎逝世，法國政府爲他舉行了國葬。詩人的主要作品有《舊詩集存：1890—1900》、《幻美集》、《雜文集》等。

名作賞析

這首詩選自詩人1922年出版的詩集《幻美集》，爲詩集中最爲膾炙人口的一首。詩中所說的海濱墓園確有其地，它就坐落在詩人的家鄉，是詩人生於斯、長於斯、葬於斯的地方。墓園雄踞於一座小山的山頭，俯瞰著地中海，正是引人沉思的地方。我們似乎看到：詩人在一片煙水茫茫之中，在寂靜的世界裏，面臨著大海，面對著那白色的排列整齊的墓碑——靈魂安息之所，心中波濤洶湧，從而奏出了這首雄渾美妙的大詩。

詩歌共有24節，大致可以分爲4個部分，分別講墓園的獨特景色和神秘氣氛，以及詩人對人生無常的感歎、對生死的沉思、對生命的讚頌。

推薦閱讀

《失去的美酒》、《石榴》

墓園，那埋藏著眾多靈魂的地方，那寧靜的氣氛，使詩人產生了豐富的想像。詩人開始參悟宇宙的動靜、大海的豐富深沉；那樣的神秘讓詩人的心瞬間就消融進了其中。詩人想到了人生，迷濛恍惚中，

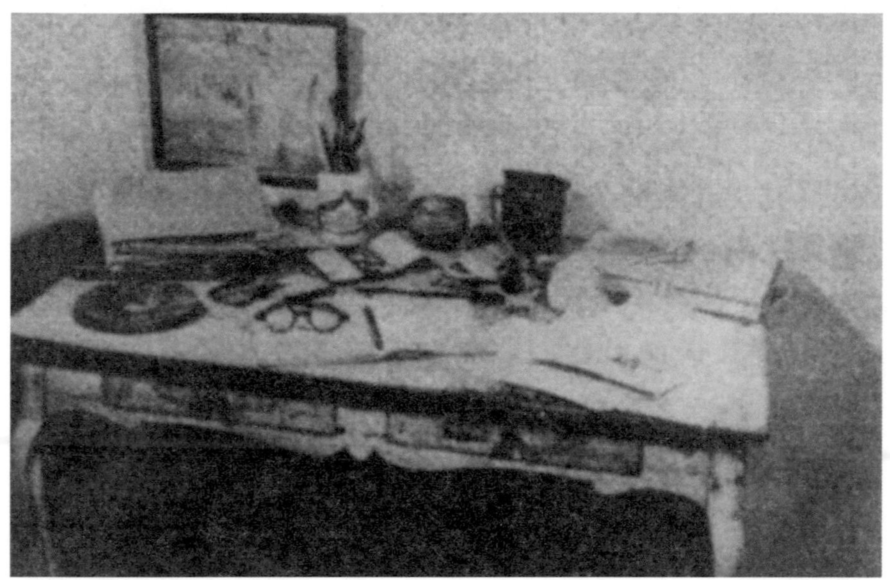

▲瓦萊里的書房。
瓦萊里的詩風在法國象徵派詩人中別具一格。他的詩雄渾沉鬱、大氣磅礴、舒卷自如、節奏鏗鏘，融空靈的抒情和玄虛的思考於一體，表達了對宇宙偉力的禮讚、對人生無常的感歎、對生死的沉思和對人生命的謳歌。

詩人覺得生命的衝動和鮮活、人生的美麗都化爲了骷髏，隱藏在死亡的陰影中。詩人在那不斷吹來的帶有鹹味的海風中聽出了生命的氣息，詩人感受到了生命的衝動強烈地在拍擊白色的房頂。生命不息！

詩歌有著強烈的象徵意味。大理石的死寂和埋著的靈魂、天空的靜和大海的幽深、生命的豔麗和死亡的灰色、沉默和思緒的澎湃好像連成了一片意象的海洋，互相之間意指著，令人眼花繚亂又發人深思。生命和宇宙、心靈和自然在交融滲透，互相影響，新的生命和新的世界在這個混沌寥廓的世界裏孕育著，萌動著。

詩歌有著強烈的音樂節奏，這也是象徵主義詩歌的一大特徵。詩人曾經說過：「《海濱墓園》在我的心中最初只是一種節奏，一種由十音節組成的法語詩的節奏。當時我還沒有什麼成熟的想法來填充這種節奏。」這首詩正如音樂一樣：沒有可視的形象，但在它流動的節奏中有一種偉大的力量。正是在這種節奏的跳躍中，瓦萊里完成了對生命、死亡、宇宙意義的沉思，創造了美妙動人的超凡旋律，啓發人們去思考人生的價値，去思考世界的意義。

秋

◇拉馬丁 錢春綺 譯 *Autumn*

你好，頂上還留有餘綠的樹林！
在草地上面紛紛飄散的黃葉！
你好，最後的良辰！自然的哀情
適合人的痛苦，使我眼目喜悅。

我順著孤寂的小路沉思徜徉；
我喜愛再來最後一次看一看
這蒼白的太陽，它的微弱的光
在我腳邊勉強照進黑林裏面。

是的，在自然奄奄一息的秋天，
我對它朦朧的神色更加愛好；
這是良朋永別，是死神要永遠
封閉的嘴唇上的最後的微笑。

因此，雖哀慟一生消逝的希望，
雖準備離開這個人生的領域，
我依舊回頭，露出羨慕的眼光，
看一看我未曾享受到的幸福。

大地，太陽，山谷，柔美的大自然，
我行將就木，還欠你一滴眼淚！
空氣多麼芬芳！晴光多麼鮮妍！
在垂死者眼中，太陽顯得多美！

必讀理由

- 拉馬丁的代表作之一
- 法國浪漫主義感傷詩的經典之一
- 從一個側面反映了19世紀法國知識份子的內心世界

拉馬丁一生在情感生活上經歷了多次挫折，心靈受到過巨創，加上早年從貴族家庭教育中承襲的宗教信仰，因此他認為人生充滿著無止境的痛苦與失望，而寄希望於彼岸世界的天堂。他經常獨自一人躑躅於大自然之中，苦苦吟詩，以遣釋心中憂鬱迷茫的情緒。

這摻和著瓊漿與膽汁的杯子，
如今我要把它喝得全部空空：
在我痛飲生命的酒杯的杯底，
也許還有一滴蜜遺留在其中！

也許美好的將來還給我保存
一種已經絕望的幸福的歸寧！
也許衆生中有我不知道的人
能了解我的心，跟我同聲相應！
……

好花落時，向微風獻出了香氣；
這是它在告別太陽，告別生命：
我去了；我的靈魂，在彌留之際，
像發出一種和諧的淒涼之音。

▲拉馬丁像

作者簡介

拉馬丁（1790—1869），19世紀法國著名浪漫主義詩人。出生於貴族家庭。在寧靜的鄉村度過幼年，喜愛《聖經》和夏多布里昂等人的浪漫主義作品。在政治上堅持資產階級自由主義立場，宣揚人道主義，嚮往宗法社會，提倡詩歌應爲社會服務。1820年，他的第一部詩集《沉思集》發表。在詩中詩人歌頌愛情、死亡、自然和上帝，認爲人生是失望和痛苦的根源，把希望寄託在已經消逝的事物和天堂的幻想上，或轉向大自然尋求慰藉。詩人之後發表的《新沉思集》、《詩與宗教的和諧集》等作品，繼續著這些主題，但日趨明朗的宗教信念沖淡了憂鬱的氛圍。拉馬丁的詩歌多是感情的自然流露，給人以輕靈、飄逸的感覺，著重抒發內心的感受，語言樸素。《沉思集》被認爲重新打開了法國抒情詩的源泉，爲浪漫主義詩歌開闢了新天地。

名作賞析

拉馬丁是19世紀早期法國浪漫主義詩人的重要人物之一，他一生中經歷了多次感情生活的創傷，加上早期從貴族家庭的教育中承襲的宗教信仰，因此他一向認爲人生含著無休止的痛苦與失望，而把希望寄託於彼岸

▼19世紀巴黎近郊風光。

推薦閱讀

《沉思集》，拉馬丁的重要詩集，在法國抒情詩發展史上具有劃時代的意義。

世界的天堂，同時從自然中尋求慰藉。《秋》一詩較爲集中地反映了拉馬丁的這一思想。

詩歌敘述了即將告別人世的詩人對自然、人生的種種概歎。詩的開頭描摹了一個「頂上留有餘綠的樹林，草地上飄散著黃葉」的蕭颯秋景，一下子將讀者帶入一個荒涼、感傷的氛圍。在沉寂的林間小路上，詩人躑躅獨行，沉思默想。即將辭別人世了，詩人的心情是灰暗的，在詩人眼中，太陽是那樣的蒼白無力，大地也奄奄一息。

然而詩人對自然、人生仍存有眷戀之意，詩人「雖哀慟一生的希望」，但仍「露出羨慕的眼光」，注視著大自然，享受自己以前未曾享受到的幸福。詩人要盡情地享受，要將生命的杯中摻和在一起的瓊漿與膽汁喝個乾淨。詩人哀戚的心中升騰起淡淡的希望：美好的將來在等候著詩人——儘管那是一種絕望的幸福的歸寧；芸芸眾生中，有理解詩人的陌生人，他們與詩人同病相憐、同聲相應。

拉馬丁是法國歷代詩人中借景抒情的高手。他的許多詩篇就是美麗的風景畫， 而且有著油畫的灰調色彩。拉馬丁寫景詩中的空靈意境很像中國的山水畫，那種「詩情畫意」是任何西方風景畫都不具備的。《秋》一詩突出地體現了拉馬丁「寄情於景」的創作風格。通觀全詩，籠罩著抑鬱、悲涼、空靈的氣氛，詩人的「沉思」又將讀者帶入一種飄逸的境界。詩的語言樸實，韻律和諧，朗朗上口；以「我」的口氣抒發詩人的內心感受，增強了親切感，從而引起讀者的強烈共鳴。詩歌的情調雖然過於消極，但又著實優雅感人。

哀愁

◇繆塞 錢春綺 譯 *Sadness*

我失去力量和生氣
也失去朋友和歡樂；
甚至失去那種使我
以天才自負的豪氣。

當我認識眞理之時，
我相信她是個朋友；
而在理解領會之後，
我已對她感到厭膩。

可是她卻永遠長存，
對她不加理會的人，
在世間就完全愚昧。

上帝垂詢，必須稟告。
我留有的唯一至寶
乃是有時流過眼淚。

◇ 繆塞的代表作之一
◇ 法國浪漫主義感傷詩的經典之一
◇ 被譯成多國文字，流傳廣泛

作者簡介

▲繆塞像

繆塞（1810—1857），19世紀法國著名浪漫主義詩人。他的詩歌，形式考究，感情豐富，眞切動人，有著深遠的影響。繆塞在他的一生中，除了詩歌外還創作了不少戲劇和小說，發表過一些頗有影響的關於社會、政治和文學藝術的論文。

繆塞的文學活動是從參加以雨果爲首的進步的浪漫主義團體「文社」開始的。他不僅是浪漫派中最有才華的詩人，其戲劇作品也大大促進了法國浪漫主義戲劇運動。他的小說在創建法國浪漫主義心理小說和爲近代小說開闢道路方面，也起了不小的作用。 雖然繆塞的戲劇和小說反映社會生活不夠全面，但是卻眞實刻畫了法國某些階層的生活及心態，頗具時代色彩。特別是他描寫的「世紀病」在今天看來，還可以感覺到當時某些人物的精神面貌，他們的彷徨與苦悶。 他的主要戲劇作品有《羅倫札西歐》、《反覆無常的人》、《巴爾貝林》、《喀爾摩金》等。他的小說有《埃梅林》，《弗烈特立克和貝爾納萊特》，《提善的兒子》，這3部小說可列入19世紀優秀愛情小說的行列。另一部《世紀兒懺悔錄》以其動人的愛情故事和細膩的心理描寫而成爲繆塞的代表作。

名作賞析

繆塞是19世紀法國著名的浪漫主義詩人。作爲一位卓越的抒情詩人，繆塞有著獨特的情感經歷。他感情豐富，青年時與當時法國著名的批判現實主義女作家喬治·桑相識，墮入情網。兩人在一起相處了一段浪漫的時光，但不久喬治·桑拋棄了詩人，這給繆塞很大的打擊。這段曲折的感情經歷誘發了詩人的創作靈感，詩人揮筆寫下了許多優美的詩篇。短詩《哀愁》即是其中著名的一首，曾被

推薦閱讀

「四夜詩」，包括《五月之夜》、《八月之夜》、《十月之夜》、《十二月之夜》，為繆塞情詩創作的頂峰。

廣泛傳誦。

愛情遭遇挫折，詩人的心情可想而知：憂鬱、悲傷、消沉。詩人失去了生活的力量，變得無精打采，沒有生氣。就連平日要好的朋友也離開了詩人，詩人的心更加寂寞、孤獨。詩人甚至懷疑，一向使自己自負的才氣也消失了。詩人陷入極度感傷的境地，周圍的一切對他來說是那樣的黯淡、昏沉。

▲喬治．桑像。
喬治．桑是19世紀法國著名女作家。她富有才氣，有著優雅迷人的外貌。她青年時與當時文藝界的一些名人，如福樓拜、繆塞、蕭邦等人之間都有著一段曲折的情感經歷。詩人繆塞曾與喬治．桑相處了一段美好的時光，後被其拋棄。後來繆塞寫下了不少小說、詩歌，流露了自己被情人拋棄的痛苦、傷感的情緒。

心情沉鬱，對自然的一切也就毫無興趣；甚至對於眞理，詩人也覺得反感、厭倦。詩人說道，「當我認識眞理之時，我相信她是個朋友」，而一旦對眞理領會之後，詩人則覺得她平淡無味，如同嚼蠟。詩人的悲觀情緒在此得到了極度表現。雖然如此，詩人腦中還保持著一份清醒：眞理是永存的，是經歷了時間和實踐考驗的，是正確無誤的。詩人心中還存留一點微弱的希望之火。在人世間找不到知音，詩人只得將目光投向天空，向那位縹緲的上帝訴說心中的哀愁。而這時與詩人相伴的，能給詩人帶來些許安慰的，是詩人眼中所流的淚水。

詩的格調是感傷沉鬱的，詩人沒有運用深奧的象徵手法去營造抽象的意境，而是借助簡白曉暢的語言，一瀉無遺地唱出了自己心靈的憂傷。對於今天的讀者，這首詩的消極灰暗色調可能引不起讀者的共鳴，但由於詩歌眞切流露了詩人的感情，因而絲毫不顯得空洞、造作。繆塞對於抒情詩的創作，主張「言爲心聲」，反對無病呻吟，他曾說過：「詩句雖是手寫出的，說話的卻是心。」這首詩眞實地反映了他的這一觀點。對於今天那些津津樂道地刻意追求詩的表現技巧的詩歌寫作者來說，繆塞所說的話是一個很好的借鑒。

羅蕾萊

Rorelei

◇海涅 歐凡 譯

我不知道是何緣故，
我是這樣的悲傷；
一個古老的傳說，
縈迴腦際不能相忘。

涼氣襲人天色將暮，
萊茵河水靜靜北歸；
群峰峙立，
璀璨於晚霞落暉。

那絕美的少女，
端坐雲間，
她金裹銀飾，
正梳理著她的金髮燦燦。

◇ 德國大詩人海涅的抒情名詩之一
◇ 具有神話色彩的愛情名詩
◇ 被許多作曲家譜成曲子，流傳世界各國

▼羅蕾萊景觀
羅蕾萊是德國萊茵河畔的一塊一百多公尺高的岩石，傳說它是由一位美麗的女子羅蕾萊所變成的。羅蕾萊經常在黃昏時分端坐在石頭之上，唱著美妙動人的情歌，誘惑著來往於河上的舟中男子。許多癡情男子被她的歌聲所惑，舟覆身亡。

她用金色的梳子梳著，
一邊輕吟淺唱：
那歌聲曼妙無比，
衆人如癡如狂。

小舟中的舟子
痛苦難當：
他無視岩岸礁石，
只顧舉首佇望。

噯，波浪不久
就要吞沒他的人和槳：
這都是羅蕾萊
又用歌聲在幹她的勾當。

作者簡介

▲海涅像

海涅（1797—1856），19世紀德國偉大的詩人。出生於一個貧窮的猶太人家庭，這使得他從童年起就接受了自由、民主的啓蒙思想。自1819起，詩人在叔父的資助下先後在波恩大學、柏林大學、哥廷根大學等學校學習；1825年，獲得法律博士學位。期間，詩人開始了詩歌創作，後彙集爲《詩歌集》。但同時他的進步思想也受到了普魯士王國的壓制。1824—1828年，詩人在國內和義大利等地遊歷，同時寫有散文集《哈爾茨山遊記》等。1831年，詩人因嚮往法國的「七月革命」離開祖國，在法國流亡，除兩次短暫回國外，一直僑居在巴黎，和巴爾札克、蕭邦等文藝界的大師交往甚密。此外，詩人密切關注祖國的發展，積極向祖國的報刊雜誌供稿，介紹法國的革命形勢。1843年10月，詩人和馬克思相識，兩人結下了深厚的友誼。此後他的思想更接近覺醒的工人階級，創作出很多著名的政治抒情詩，如長詩《德國——一個冬天的童話》、《等著吧》等。1848年，席捲歐洲的革命失敗，詩人的健康也開始惡化，這些使詩人陷入苦悶之中。1856年，詩人病逝於巴黎。

名作賞析

《羅蕾萊》選自海涅的《新詩集》中的《還鄉集》，寫於1823年。詩歌原來沒有標題，《羅蕾萊》是後人加上去的。

羅蕾萊是德國萊茵河畔一百多公尺高的一塊岩石，德國浪漫主義詩人布倫坦諾曾寫了一篇名爲《羅蕾萊》的敘事詩，詩中編造了一個關於魔女羅蕾萊的故事。羅蕾萊美麗嫻雅、溫柔嫵媚，無數男子在她手中送了命，當地主教不忍對她判刑，於是派３位騎士送她去修道院懺悔修行。途中，羅蕾萊登上萊茵河畔的岩石，見到河中小舟，認定舟中的人是負心的情郎而一躍入江，３位騎士也死於非命。這個美麗的傳

推薦閱讀

《抒情曲》、《還鄉曲》、《致西里西亞紡織工人》

說引發了當時許多浪漫主義詩人的詩興，他們寫下了許多以之爲題材的詩作，其中以海涅的這首詩最爲著名。

詩的第一段開始就把主人翁的憂傷情緒點明，而憂傷又與那古老的傳說有關，這就引起讀者探知那古老的傳說的興趣，從而奠定了詩的氣氛。第二段開始轉爲對傳說的敘述。起初以寫景爲主，夕陽西沉，暮色蒼茫，萊茵河水在靜靜地流淌，群峰在晚霞中默默聳立。這一段景物的描寫不以眞切細緻取勝，而著重於氣氛的渲染，也借景點出故事的時間和地點，而後逐漸將讀者引入傳說的故事中去，從現實世界逐漸進入神話世界。山峰和夕陽彷彿自然變形成爲絕色少女，那金髮金飾金梳著重表現落日餘暉的燦爛綺麗色彩。詩的主人翁在想像中好似見到了少女，她梳頭的動作自然優美，歌聲曼妙動人。那舉止和歌聲充滿著誘惑，招引著過往行人。於是讀者的目光被詩人從山峰上的美女引向江河中的癡情舟子，他被聲的美妙和光的燦爛擊中了，不顧危險只知佇望。第二段到第五段是神話世界。第六段詩的主人翁又出現了，他雖已從故事中走出來，卻還擺脫不了故事中的氣氛，他爲即將沒頂的舟子耽心。最後點出禍事的根源，原來他疑心那就是水妖羅蕾萊在作怪。

▲《海涅抒情詩菁華》封面。

詩的結構嚴謹，第一段和最後一段緊緊相扣，中間四段敘事懸宕，引人入勝，語言優美，韻律流暢自然。加之詩人在詩中融入了自己的眞切感情，因而這首詩有著極大的魅力，深受人們的喜愛。這首詩後來被許多作曲家譜成曲子，以西爾歇爾的曲子流傳最廣，成爲民歌，至今仍爲歐洲各國人民所喜愛。

◀海涅誕生之屋，萊茵河畔杜塞爾多夫城博克爾街53號。

歡樂頌

The Ode to Joy

◇席勒 錢春綺 譯

一

歡樂啊，美麗的神奇的火花，
　極樂世界的仙姑，
天女啊，我們如醉如狂，
　踏進你神聖的天府。
爲時尚無情地分隔的一切，
　你的魔力會把它們重新連結；
只要在你溫柔的羽翼之下，
　一切的人們都成爲兄弟。

合　唱

萬民啊！擁抱在一處，
　和全世界的人接吻！
　弟兄們——在上界的天庭，
一定有天父住在那裏。

必讀理由

◇德國大詩人席勒的代表作
◇一曲世界、人類、生命、友愛、歡樂的激昂讚歌
◇貝多芬為之譜曲，流傳世界各國

二

誰有那種極大的造化，
　能和一位友人友愛相處，
誰能獲得一位溫柔的女性，
　就讓他來一同歡呼！
眞的——在這世界之上
　總要有一位能稱爲知心！
否則，讓他去向隅暗泣，
　離開我們這個同盟。

合　唱

居住在大集體中的衆生，
　請尊重這共同的感情！
　她會把你們向星空率領，
領你們去到冥冥的天庭。

三

一切衆生都從自然的
　乳房上吮吸歡樂；
大家都尾隨著她的芳蹤，
　不論何人，不分善惡。
歡樂賜給我們親吻和葡萄
　以及刎頸之交的知己；
連蛆蟲也獲得肉體的快感，
　更不用說上帝面前的天使。

▲1788年，席勒（中立者）在一次文藝界人士的聚會上朗誦他的詩作。

合 唱

萬民啊，你們跪倒在地？
　世人啊，你們預感到造物主？
　請向星空的上界找尋天父！
他一定住在星空的天庭那裏。

合 唱

弟兄們！請你們歡歡喜喜，
　在人生的旅途上前進，
　像行星在天空裏運行，
像英雄一樣快樂地走向勝利。

四

歡樂就是堅強的發條，
　使永恆的自然循環不息。
在世界的大鐘裏面，
　歡樂是推動齒輪的動力。
她使蓓蕾開成鮮花，
　她使太陽照耀天空，
望遠鏡看不到的天體，
　她使它們在空間轉動。

五

從眞理的光芒四射的鏡面上，
　歡樂對著探索者含笑相迎。
她給他指點殉道者的道路，
　領他到道德的險峻的山頂。
在陽光閃爍的信仰的山頭，
　可以看到歡樂的大旗飄動，
就是從裂開的棺材縫裏，
　也見到她站在天使的合唱隊中。

▲病癒後不久的席勒。
這時的席勒在朋友的幫助下，剛剛擺脫貧病交加的生活，內心充滿了自由與歡樂的感覺，對人類和世界的未來充滿了信心，發而為詩，寫成著名的長詩《歡樂頌》。

合　唱

萬民啊！請勇敢地容忍！
　為了更好的世界容忍！
　在那邊上界的天庭，
偉大的神將會酬報我們。

六

我們無法報答神靈；
　能和神一樣快樂就行。
不要計較貧窮和愁悶，
　要和快樂的人一同歡欣。
應當忘記怨恨和復仇，
　對於死敵要加以寬恕。
不要讓他哭出了淚珠，
　不要讓他因後悔而受苦。

合　唱

把我們的帳簿全部燒光！
　跟全世界的人進行和解！
　弟兄們——在星空的上界，
神擔任審判，也像我們這樣。

七

歡樂從酒杯中湧了出來；
　飲了這金色的葡萄汁液，
吃人的人也變得溫柔，
　失望的人也添了勇氣——

弟兄們，在巡酒的時光，
　請離開你們的座位，
讓酒泡向著天空飛濺：
　對善良的神靈舉起酒杯！

合　唱

把這杯酒奉獻給善良的神靈，
　在星空上界的神靈，
　星辰的合唱歌頌的神靈，
天使的頌歌讚美的神靈！

八

在沉重的痛苦中要拿出勇氣，
　對於流淚的無辜者要加以援手，
已經發出的誓言要永遠堅守，
　要實事求是對待敵人和朋友，
在國王的駕前要保持男子的尊嚴，——
　弟兄們，生命財產不足置惜——
讓有功績的人戴上花冠，
　讓欺瞞之徒趨於毀滅！

合　唱

我們要鞏固這神聖的團體，
　憑著這金色的美酒起誓，
　對這盟約要永守忠實，
請對星空的審判者起誓！

▼席勒與其朋友們在樹林中討論詩歌創作的問題。

席勒是18世紀德國「狂飆突進運動」的領袖人物之一，他的詩慷慨激昂、熱烈奔放，反映其崇尚自由、平等、博愛，追求個性解放的進步思想，在當時產生了巨大的影響。

▲席勒像

▼席勒（左一）與歌德（右一）等人在探討文學創作中的問題。

作者簡介

席勒（1759—1805），德國偉大的戲劇家、詩人。出生在德國符藤堡公國的一個小城，父親是醫生。13歲時被強行送進一所管制極嚴的軍事學校，度過了8年的囚犯式生活。但詩人還是接觸到了進步思想，受「狂飆運動」的影響秘密寫作詩歌和劇本。1780年，詩人從軍校畢業，成爲一名軍醫。1781年，詩人自費出版劇本《強盜》。這齣表達了進步思想的戲劇在1782年上演，詩人秘密越界觀看，事發後被關了禁閉，還被剝奪了寫作的權利。詩人設法逃離了符藤堡公國，在各地流浪。同年，詩人出版了著名的《陰謀與愛情》。1786年，窮困潦倒的詩人受到朋友的接濟，才開始過穩定的生活。1787年，他定居在魏瑪，開始轉向哲學研究，寫下了《美育書簡》等著作。1794年，詩人與歌德相識，受歌德的影響又回到了文學創作的路子上，開始了詩人最輝煌的創作時期。期間，詩人創作了《華倫斯坦》、《威廉·退爾》、《奧爾良的姑娘》等作品。1791年，詩人由於長期的艱苦生活得了重病，於1805年去世。

名作賞析

這首詩寫於1785年10月的德累斯頓的羅斯維茲村。這時的詩人在朋友克爾納等人的幫助下，剛剛從生活的水深火熱（債務累累、藝術活動受到嚴重挫折）中擺脫出來。這些朋友們在羅斯維茲歡聚一堂，並且邀請席勒參加。在朋友熱情的笑臉面前，在青翠的綠蔭下，在歡聲不斷的野餐會上，席勒的心情被深深感染，一股歡樂的源泉在詩人的心中奔湧而出，詩情蕩漾。這首著名的頌詩就

推薦閱讀

《希臘的群神》、《理想與生活》、
《異國的姑娘》

這樣誕生了。

詩共分8節，每段的後面都有「合唱」部分，作爲正詩的副歌，使得詩歌的結構更加完整、情緒更加熱烈、更易於打動人。詩中以山洪爆發般的熱情和一瀉千里的氣勢對友誼、自然、歡樂、上帝、神靈作了讚頌。

詩人讚美友誼，友誼是生活中必不可少的因素，它讓人得到溫暖和歡樂。詩人讚美自然，她是人類的母親，自然的乳汁是快樂的源泉。在她的眼裏，萬物平等，即使蛆蟲也能和天使一樣獲得快樂。

▲席勒（右）與歌德的塑像。
席勒與歌德同為德國「狂飆突進運動」的領袖人物、文學巨匠。兩人之間結下了深厚的友誼，在創作上他們互相鼓勵，互相促進，共同開創了德國文學史上的古典時期。他們也因此成為德國文學史上耀眼的雙子星座，幾百年來照耀著德意志的夜空。

詩人讚美歡樂。詩人把歡樂比擬爲天上的女神，她能縫合世間一切的裂痕；她是自然界堅強的發條，推動世界永恆運行，使鮮花開放，使太陽照耀天空，她掌控著我們看不見的天體；她是生活的嚮導，引領人們向著眞理前進，在信仰的山頭歡呼。歡樂是寬容的、涵蓋一切的精神，有了她生活的一切都會變得美好。

詩人也讚美上帝、神靈，特別是在副歌中，詩人大聲喊出了自己心中對上帝、神靈的讚美和神往。詩人在這裏並不一定是在宣揚宗教的某一部分，只不過是借此表達心中的信仰。也許只有信仰的力量才能表達詩人心中的堅定和讚美，也許上帝就是歡樂的化身。

詩在泛愛主義思想的籠罩下，始終充滿著樂觀進取的精神，一種輕鬆歡快的情緒、一種人類的精神、一種生命的熱情在不自覺中感染著讀詩的人們。這種情緒、激情在半個世紀後爲音樂家貝多芬感受到，貝多芬爲這首詩譜了曲，作爲他的《第九交響曲》的結束合唱曲，此後《歡樂頌》與貝多芬的曲子一道傳遍了全世界。

假如生活欺騙了你

If Life Cheated You

◇普希金　查良錚 譯

必讀理由

◇ 俄羅斯詩歌之父普希金的代表作之一
◇ 表達了一種困難境地中樂觀向上的積極人生態度
◇ 被譯成多國文字，影響深遠

假如生活欺騙了你，
不要憂鬱，也不要憤慨！
不順心時暫且克制自己，
相信吧，快樂之日就會到來。

我們的心兒憧憬著未來，
現今總是令人悲哀：
一切都是暫時的，轉瞬即逝，
而那逝去的將變爲可愛。

作者簡介

普希金（1799—1837），俄羅斯文學之父，俄羅斯現實主義文學的奠基人。出生於一個貴族家庭。1811年進入貴族子弟學校——皇村學校學習，因寫詩反對暴君政治，於1920年被流放到南俄，期間他同當時的反對沙皇的十二月黨人聯繫密切。1924年，詩人因與南俄的總督發生衝突，被放逐到其父親的領地，不准參加社會活動。同年詩人寫下著名的歷史劇《鮑利斯·戈都諾夫》，但這齣深受人民歡迎的戲劇遭到禁演。1926年剛上臺的沙皇爲收買人心，召普希金入外交部任職。但詩人早已看清了沙皇的眞面目，儘管詩人接受了職務，但是他並沒有爲沙皇收買。1931年，詩人和19歲的娜·尼·岡察洛娃結婚，隨後遷居彼得堡，但家庭生活並不愉快。1837年，因法國公使館的丹特士男爵調戲詩人的妻子，詩人決定和他決鬥，在2月8日的決鬥中，被子彈擊中心臟，兩天后去世。據說，這次調戲是沙皇指使的。詩人一生創作頗豐，除上面提到的歷史劇和早期的浪漫主義詩作《致恰達耶夫》、《囚徒》等外，詩人還創作了《葉甫蓋尼·奧涅金》、《驛站長》、《上尉的女兒》等著名作品。

▲普希金像

名作賞析

這首詩是普希金1825年題在他的一個女朋友——葉·沃爾夫的紀念冊上的。詩人曾提前把要和丹特士決鬥的事告訴她，由此可見二人友誼之深。詩人的這首題贈詩後來不脛而走，成爲詩人廣爲流傳的作品。

這是一首哲理抒情詩。詩人以普普通通的句子，通過自己眞眞切切的生活感受，向女友提出了勸慰。詩的開頭是一個假設，這假設會深深傷害人們，足以使脆弱的人們喪失生活的信心，足以使那些不夠堅強的人面臨「災難」。那的確是個很糟糕的事情，但詩人並不因爲這樣而消沉、逃避和心情憂鬱，不會因爲被生活欺騙而去憤慨，做出出格的事情。詩人的方法是克制和堅強的努力。詩人主張：「相信吧，快樂之日就會到來。」

推薦閱讀

《致恰達耶夫》、《致凱恩》、《我曾經愛過你》、《紀念碑》

詩人在詩中提出了一種生活觀，面向未來的生活觀。我們的心兒要憧憬著未來，儘管現實的世界可能是令人悲哀的，我們可能感受到被欺騙，但這是暫時的。我們不會停留在這兒，不會就在這兒止步，我們有美麗的未來。當我們在春風和煦的日子裏，在和朋友共用歡樂的時候，我們再細細品味這曾經令人悲哀的現實生活，我們就會有一種自豪、充實、豐富的人生感受，「那逝去的將變爲可愛」。

▲1936，普希金在列爾別爾格。

詩人就用這種面向未來的積極生活觀，給女友以鼓勵。同樣，詩人也用這種生活觀以自勉。詩人生活在法國大革命的精神在歐洲大陸產生廣泛影響的時代。那時的俄國，一方面處於沙皇暴政的統治下，另一方面，人民的自由意識大大覺醒，起義和反抗此起彼伏。詩人出身貴族，有著強烈的自由民主意識。這些注定了詩人的生活會充滿暗礁、漩渦、險灘和坎坷不平。詩人在面對困苦時堅定自己對生活的信心，詩人就靠這信心去戰勝一個又一個暴力的壓迫。

詩人對生活的假設，引起了很多人的共鳴，說出了很多人的生活感受。正是這種生活觀，這種對人生的信心，這種面對坎坷的堅強和勇敢使得這首詩流傳久遠。

帆

The Sail

◇萊蒙托夫 余振 譯

在那大海上淡藍色的雲霧裏
有一片孤帆兒在閃耀著白光！
……
它尋求什麼，在遙遠的異地？
它拋下什麼，在可愛的故鄉？
……

波濤在洶湧——海風在呼嘯，
桅杆在弓起了腰軋軋作響
……
唉！它不是在尋求什麼幸福，
也不是逃避幸福而奔向他方！

下面是比藍天還清澄的碧波，
上面是金黃色的燦爛的陽光……
而它，不安的，在祈求風暴，
彷彿是在風暴中才有著安詳！

必讀理由

- ◇ 萊蒙托夫的代表作
- ◇ 一首傑出的具有象徵意義的哲理抒情詩
- ◇ 宣揚了一種不圖安逸、頑強拼搏、追求自由幸福的積極進取精神

▲萊蒙托夫像

■作者簡介

萊蒙托夫（1814—1841），19世紀俄羅斯著名詩人。出生在貴族家庭，曾進莫斯科大學和彼得堡禁衛軍軍官學校學習。1834年入軍隊服役。早在中學時期，詩人就開始寫詩，受普希金和拜倫的詩影響頗大。青年時代的詩人受十二月黨人的影響，寫下了很多對當時腐朽社會不滿的詩歌。1837年，詩人寫下著名的《詩人之死》一詩，悼念普希金，觸怒了沙皇政府，被流放到高加索地區。流放期間是詩人創作的高峰期，詩人寫下了《當代英雄》、《祖國》、《惡魔》等著名作品。1840年，詩人遭到沙皇政府的謀殺，身受重傷。1841年，詩人離開了人世。

■名作賞析

這首詩是詩人的代表作，寫於1832年，在詩人生前沒有發表。從這首詩中我們可以想見詩人當年的風采：面對那黑暗的俄國社會的姿態，在風起雲湧的民眾追求民主、自由的鬥爭浪潮中的精神情態。

詩的題目是「帆」，它是在千變萬化的大海中一個白色的精靈。淡藍色的大海，靜靜的，死寂般的靜。然而就是這靜的大海中，似乎又隱含著一種不安定的因素。那藍色的雲霧可是大海的蒸騰，可是不安定的靈魂在大海的深處攪拌著海水？

就在這淡藍色的大海中，有一片孤帆在遊弋。它閃著白色的光，

▲萊蒙托夫詩作《祖國》手稿。

推薦閱讀

《詩人之死》、《浮雲》、《祖國》

刺眼的白光。這白色的帆似乎在承受著極大的折磨。它在遙遠的異地漂泊，是在追尋著心中的理想還是別的什麼？這白色的精靈在可愛的家鄉拋棄了很多的東西，那是生活的安逸，還是物質的富裕，或者別的什麼？

波濤洶湧，夾雜著呼嘯的海風。它們要打翻這精靈，要讓這孤獨的反叛者葬身在自己威猛的打擊中。帆呢？在鋪天蓋地的狂風巨浪的瘋狂打擊下，「弓起了腰軋軋作響」。帆沒有退縮，沒有畏懼，而是在努力，在拼搏，爲著自己所追尋的東西。

這白色的精靈在追尋什麼？不是幸福，那可能是它曾經放棄的東西；不是逃避，在昏天暗地的時候它還在弓腰前進；當然更不是安逸。在帆堅毅的搏鬥中，大海已經有氣無力。而在大海的上面，是陽光的世界，溫暖而和煦，安詳而燦爛；下面是一碧萬頃的海面，寧靜而溫順，清淨而可愛。這不就是安逸的生活嗎？但是，帆要的不是這些，而是拼搏，是拼搏中帶來的樂趣，是孤獨靈魂的英雄行爲。

這首詩是一首傑出的哲理抒情詩。詩歌採用象徵的手法，通過這種給人強烈印象的意象來表達詩人的感情。帆就是詩人的化身，詩人那孤獨、反叛的靈魂象徵，那對自由的嚮往也象徵詩人對自由的嚮往，同時也象徵著詩人那一代貴族革命家對自由的嚮往。詩在描畫風景，進而說明發人深省的哲理方面也具有很高的水準。那惡劣的社會環境在詩中對大海糟糕場景的描寫中得到了貼切的表現；那進取的精神和頑強的生命力也在詩的敘述過程中得到了很好的體現。

另外，詩歌採用的設問結構大大強化了詩歌的感染效果，省略號的使用開闊了詩的意境，啓發讀者深思，特色獨具。

▲《萊蒙托夫抒情詩集》封面。
萊蒙托夫是俄羅斯文學史上繼普希金之後的又一位偉大詩人。他的詩歌洋溢著革命的戰鬥精神，對當時的沙皇統治階級進行了無情的嘲諷和鞭撻，激勵著俄羅斯人民向沙皇政府作鬥爭，為苦難深重的俄國人民帶來了一線希望的曙光。

披著深色的紗籠

◇阿赫瑪托娃
王守仁 黎華 譯

Take on Fuscous Gauze

披著深色的紗籠我緊叉雙臂……
「爲什麼你今天臉色泛灰？」
──因爲我用酸澀的憂傷
把他灌得酩酊大醉。

我怎能忘記？他踉踉蹌蹌走了出去──
扭曲了的嘴角，掛著痛苦……
我急忙下樓，欄杆也顧不上扶，
追呀追，想在大門口把他攔住。

我屏住呼吸喊道：「那都是開玩笑。
要是你走了，我只有死路一條。」
「別站在這風頭上，」──
他面帶一絲苦笑平靜地對我說道。

必讀理由

- ◇ 阿赫瑪托娃的愛情名詩之一
- ◇ 生動刻畫了戀愛中男女雙方的細膩微妙的心理
- ◇ 發表時深受俄羅斯廣大青年的喜愛

作者簡介

阿赫瑪托娃（1889—1966），前蘇聯著名女詩人。出生在一個富裕家庭，父親是工程師，母親是貴族。1905年，父母離異，詩人隨母親居住，不久被寄居在親戚家讀書。中學畢業後，詩人進彼得堡女子高等學校法律系學習，同時，詩人開始投入大量精力從事文學創作。1910年，她與貴族詩人尼·古米廖夫結婚，婚後先後在法國、瑞士等國遊歷。這時的詩人寫下了很多具有唯美主義傾向的詩歌，這些詩在貴族青年中廣爲流傳，也使詩人獲得了「俄羅斯的薩福」的稱號。十月革命後，她的丈夫參加白匪，遭到鎮壓；詩人一度沉迷於學術研究，放棄詩歌創作。但詩人堅持自己的愛國情懷，沒有和另一些文人一樣離開祖國。衛國戰爭期間，詩人 寫下了許多有關抵抗侵略、保衛祖國的英雄詩篇。二戰後，詩人受到了不公正的待遇，遭到批判。20世紀50年代，詩人被恢復了名譽，但對詩人作品的研究一直是蘇聯文學界的一個敏感話題。1966年，詩人去世。直到1990年，詩人在蘇聯詩歌史上的地位才得到確立和眞正的認可。

▲阿赫瑪托娃像

名作賞析

這首詩寫於1911年，是對一段愛情插曲的描寫。

詩中首句刻畫了一個美麗而神秘的女子形象，她披著深色的紗籠。簡單一句話就刻畫出女子那欲說還羞的心情， 襯托出愛情的神秘和誘人。「緊叉雙臂」，似乎也在暗示著「我」對愛情的猶豫和惶惑。詩人就是在這種微妙的心境中寫下這首詩的，那是戀人們在愛情中的常見情境。

推薦閱讀

《最後一次相見》、《有個聲音呼喚著我》

對方神情悲苦地走了，臉上帶著痛苦，腳步踉蹌。他是因爲對方的猶豫和懷疑而心情煩悶，還是因爲被對方過火的玩笑擊傷了心靈。而因爲這略帶極端的行爲——走開，另一方也不再安穩地坐在那裏。「我」要去挽回對方的心，「我」不想失去心中的情郎，急忙追了出去，要把「他」留住，並且解釋清楚，表白心中的愛情。

「他」回過頭來，面帶一絲苦笑，平靜地對「我」說：「別站在這風頭上。」這簡短的一句話勝似千言萬語，——有時候，一個小小的關切可能會挽救一個生命，會給一個人帶來一生的幸福。故事就這樣結束了，留給讀者無窮的遐想。

▲《阿赫瑪托娃詩選》封面。
阿赫瑪托娃是20世紀俄羅斯阿克梅詩派的主要代表人物，是一位享有世界聲譽的抒情大師，有「俄羅斯詩歌的月亮」、「20世紀的薩福」之稱。她的詩歌將俄國詩歌的古典傳統和現代經驗完美地結合在一起，優美清晰，簡練和諧，質樸真摯。

這首詩突出反映了詩人的創作風格：用極其精練的語言描寫日常生活的場景，寫出生活中樸實而眞切的感情，特別是青年男女的愛情生活。這首詩採用一個愛情生活中極爲常見的情景，將戀人之間那種嚮往愛情又怕受到傷害的微妙心理刻畫得唯妙唯肖，將愛情中的苦痛和甜蜜寫得生動到位。詩中採用對話的形式，一方面使詩的故事性增強，另一方面又使詩中的人物心理描寫眞實而動人。這首詩給當時處在動盪社會中的年輕人以很大的安慰和滿足，在他們中間廣泛地流傳著。

流派溯源

阿克梅派，20世紀初期在俄羅斯出現的詩歌流派。「阿克梅」本是希臘語，指「頂端」、「頂峰」，在這裏被用來指稱一種詩歌追求和理想。這一派詩人主張「為藝術而藝術」，拒絕批判當時俄國的現實，反對當時風靡俄國的象徵派的華而不實的詩風。另外，他們也不主張詩歌寫神秘的「來世」，而要寫平凡的人間生活，表現實在的生活情感。

你不愛我也不憐憫我

You Neither Love Me Nor Feel Pity For Me

◇葉賽寧 王守仁 譯

你不愛我也不憐憫我，
莫非我不夠英俊？
你的手搭在我的肩上，
情欲使你茫然失神。

年輕多情的姑娘，對你
我既不魯莽也不溫存。
請告訴我，你喜歡過多少人？
記得多少人的手臂？多少人的嘴唇？

我知道，那些已成為過眼雲煙，
他們沒觸及過你的火焰，
你坐過許多人的膝頭，
如今竟在我的身邊。

你儘管瞇起眼睛
去思念那一位情人，
須知我也沉浸在回憶裏，
對你的愛並不算深。

▲葉賽寧的助手與情人別尼斯拉夫卡婭。1920年秋，葉賽寧與別尼斯拉夫卡婭相識。她不僅在生活上關愛葉賽寧，而且還在文學出版工作上給葉賽寧以極大的幫助。但最終葉賽寧拋棄了她，在去世前不久，葉賽寧寫下了《你不愛我也不憐憫我》一詩，表達了自己的愧疚心情。

不要把我們的關係視爲命運，
它只不過是感情的衝動，
似我們這種萍水相逢，
微微一笑就各奔前程。

誠然，你將走自己的路，
消磨沒有歡樂的時辰，
只是不要挑逗天眞無邪的童男，
只是不要撩撥他們的春心。

當你同別人在小巷裏逗留，
傾吐著甜蜜的話語，
也許我也會在那兒漫步，
重又與你街頭相遇。

你會依偎著別人的肩頭，
臉兒微微地傾在一旁，
你會小聲對我說：「晚上好！」
我回答說：「晚上好，姑娘。」

什麼也引不起心的不安，
什麼也喚不醒心的激動，
愛情不可能去了又來，
灰燼不會再烈火熊熊。

必讀理由

- ◇俄羅斯詩庫中的愛情名詩葉賽寧的代表作之一
- ◇被譯成多國文字為各國青年所喜愛

作者簡介

▲葉賽寧像

葉賽寧（1895—1925），20世紀初俄羅斯著名抒情詩人。出生於一個農民家庭。兩歲時被寄養在外祖父家中。1909年入一所教會師範學校學習。1912年，詩人畢業後去了莫斯科，從事辛苦的工作，同時開始詩歌創作。不久詩人加入蘇里科夫文學與音樂小組，並進入沙尼亞夫斯基人民大學讀書。他的第一部詩集《掃墓日》就在這個時候出版。1916年，他應徵入伍，一年後離開軍隊，加入左翼社會革命黨人的戰鬥隊。十月革命中，詩人積極參加革命活動。1921年，詩人與著名美國舞蹈家阿塞米拉 ·鄧肯結婚，之後兩人一起去歐洲旅行。這次婚姻只維持了3年便結束了。1925年，詩人和列夫 · 托爾斯泰的孫女結婚。在這段婚姻的空白期，詩人的創作獲得了豐收。由於詩人感到現實社會與自己理想中的社會有著巨大的差異，因而極度失望，並患上了嚴重的憂鬱症。1925年12月，詩人自殺，自殺前用血寫下了訣別詩《再見吧，朋友》。

名作賞析

這首詩寫於1925年12月4日，半個月後詩人就自殺了。這首詩應當是詩人送給一直敬愛他的別尼斯拉夫斯卡婭。她一直愛著詩人，給詩人很多的幫助，但最終被詩人拋棄。詩人的心中一直有著深深的愧疚，據說詩人的訣別詩也是寫給她的。在這首詩中詩人用另一人的口氣對自己拋棄情人的行爲進行了譴責，表達了自己心中的愧疚。

詩中寫了一段浪漫故事。在講述中，我們能明顯感受到兩種感情在糾結和交替出現：對情人的逢場作戲、虛情假意的深深埋怨，對逝去愛情的深深悵惘與傷痛。「他」對情人的離去表示了不可理解，那「不夠英俊」只是「他」的一種無奈和安慰。

推薦閱讀

《我只為你編花環》、《給母親的信》

於是，「他」陷入了深深的埋怨。他對情人的描述可以說是對情人的一種刻意輕視甚至誣衊。情人朝三暮四，總在不斷地欺騙和拋棄別人；情人的心不能堅定，情人的

▲1922年，葉賽寧與美國舞蹈家鄧肯在一起。葉賽寧對鄧肯一見鍾情，兩人閃電般地結了婚。但是由於兩國文化背景和個人志趣的差異，這段婚姻僅僅維持了3年便破裂了。

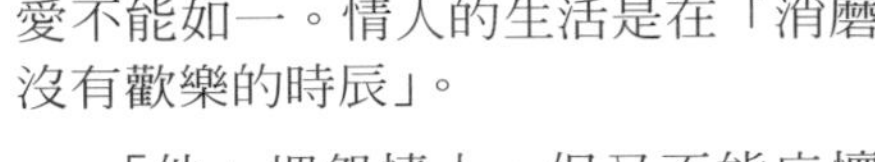

愛不能如一。情人的生活是在「消磨沒有歡樂的時辰」。

「他」埋怨情人，但又不能忘懷那段感情。「我知道，那些已成爲過眼雲煙」，如果遇見情人和另一個人在親密，「他」能平靜地說聲「晚上好」——這只是自欺而已，「他」仍耿耿於懷情人的背叛，耿耿於懷情人對他的「玩弄」。這些都說明了「他」的心已深深地被那段感情所刺痛。看似平靜的語言背後，隱含著詩人心靈的巨大創傷和強烈痛苦。

最後一段，用自白的方式講述了自己的心靈感受。在深深的埋怨和痛苦背後，隱藏的是絕望和一種死寂般的無奈。這絕望和無奈是不是也是詩人的心情？這樣的絕望後又隱藏著怎樣的愧疚和後悔？

在寫作手法上，詩歌採用了鮮明的對比手法和生活化的語言——明朗而富含著強烈的感情。詩中的被拋棄者用情人的行爲和「我」的態度進行對比，從而一定程度上掩藏了情人的眞實情況，表達了對情人的怨恨，又很成功地表達出「我」在情人離去後精神上的深深痛苦。

這首詩體現了葉賽寧詩歌創作的一貫風格：文風清新自然，行文飄逸瀟灑，在明朗的語義下潛含著詩人深深的感情，生活化的場景使得人們能眞切地品味出詩中的情感和意境。這些都使得詩人在俄羅斯詩歌史上佔有重要的一席，使得葉賽寧的詩歌對20世紀50年代後的蘇聯詩壇產生了重大的影響。

▲葉賽寧家鄉風光。

生活之惡

Evil of Life

◇蒙塔萊 呂同六 譯

我時時遭遇
生活之惡的侵襲：
它似乎喉管扼斷的溪流
暗自啜泣，
似乎炎炎烈日下
枯黃萎縮的敗葉，
又似乎鳥兒受到致命打擊
奄奄一息。

我不曉得別的拯救
除去清醒的冷漠：
它似乎一尊雕像
正午時分酣睡朦朧，
一朵白雲
懸掛清明的藍天，
一隻大鷹
悠悠地翱翔於蒼穹。

必讀理由

- 蒙塔萊的代表作
- 義大利「隱逸派」詩歌的代表作

▲蒙塔萊像

作者簡介

蒙塔萊（1896—1981），義大利「隱逸派」詩歌的代表人物。出生於熱那亞海濱小鎮的一個中產階級家庭。1917年，詩人應徵入伍，被派往前線服役兩年。退役後，他開始攻讀哲學，並從事詩歌創作。1925年，詩人的第一部詩集《烏賊骨》出版，轟動詩壇，詩人因此躋身義大利優秀詩人的行列。1929年，詩人的詩集《守岸人的石屋》榮獲安·費多爾文學獎。1938年，詩人因不肯加入法西斯黨，被解除維蘇克斯圖書館館長一職。二戰中，詩人流亡瑞士，參加反法西斯的活動。戰後，詩人擔任米蘭《晚郵報》文學主編。1967年，義大利總統授予他「終身參議員」的稱號，但詩人的一生一直超然於一切黨派之外。1975年，詩人榮獲了諾貝爾文學獎。詩人的作品，除上面提到的外還有《薩圖拉》、《1971年到1972年的詩作》等。

名作賞析

蒙塔萊生逢一個不幸的時代。當詩人還沒有好好享受美好的少年時光和家鄉的恬靜美麗時，世界就陷入混亂之中。先是第一次世界大戰，接著是經濟危機，還有法西斯的抬頭、二戰的痛苦經歷等等。

推薦閱讀

《汲水的轆轤》、《英國圓號》

詩人說：「我時時遭遇生活之惡的侵襲。」詩人以「溪流」、「秋葉」、「鳥兒」自比。溪流被喉管扼斷，暗自啜泣；敗葉遭受烈日的折磨，枯黃萎縮；鳥兒受到致命打擊，奄奄一息，字裏行間透露出詩人濃濃的悲觀、哀傷情緒。

面對殘酷現實，詩人要奮起拯救——拯救自己，拯救生活。用什麼來拯救呢？冷漠，清醒的冷漠！這是詩人的生命意志，一種個性的眞

▲義大利建築一景

實；也該是人類的生命意志和人類的眞實。詩人凜然地站立在曠野上，想給人們指引一種拯救的辦法。詩人用「雕塑」、「白雲」、「大鷹」等意象來比喻拯救、指引的主體。雕塑是肅穆的，在酣睡的靜中有美的尊嚴。白雲是自由的，那藍天既是它的自由之鄉，也是它的心靈表現，清明而純淨。大鷹在無邊無際的蒼穹翱翔，悠悠於世間。

▲1975年，蒙塔萊（左）榮獲諾貝爾文學獎時的情景。

這首詩充分反映了詩人的詩歌創作風格和詩人的美學傾向。詩人用自然、率直、眞切的筆調寫出了詩人對世界、生活的深刻理解，詩人自己的心靈追求。詩人追求詩歌的音樂美，主張詩歌要有音樂般的節奏，給人以和諧優美的韻律感。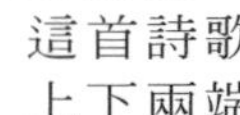這首詩歌上下兩端意象數相同，形式對稱，行文流暢。在美學傾向上，詩人對生活有敏銳的洞察力，對人類的理性精神有著強烈的自信，同時又能保持獨行於世的態度和高潔的心靈，很有田園詩的味道。

▲1996年義大利發行的紀念蒙塔萊的郵票。

這首詩是詩人的代表作，其內容和風格都體現了「隱逸派」詩歌的風格特點，安慰和拯救了當時那些受傷的心靈。因此，詩人獲得了「生活之惡的歌手」的稱號，被公認爲是「隱逸派」詩歌的大師。

流派溯源

隱逸派，20世紀20至30年代義大利的最重要的詩歌流派。代表人物是號稱「三傑」的蒙塔萊、夸西莫多、翁加雷蒂。他們的詩歌大都避免嚴酷的現實，以「清醒的冷漠」來表現人的生存本身，刻畫人的個性危機，維護個人的尊嚴。在藝術上，他們都排斥當時流行的抽象思辯，喜歡直接訴諸感官，運用自然的場景、新奇的立意來表現心中的感情。

海濤

◇夸西莫多 呂同六 譯 *Wave*

多少個夜晚
我聽到大海的輕濤細浪
拍打柔和的海灘，
抒出了一陣陣溫情的
軟聲款語。

彷彿從消逝的歲月裏
傳來一個親切的聲音
掠過我的記憶的腦海
發出嫋嫋不斷的
回音。

必讀理由

◇ 義大利隱逸派詩人夸西莫多的代表作
◇ 被收入多種詩歌選本，流傳廣泛

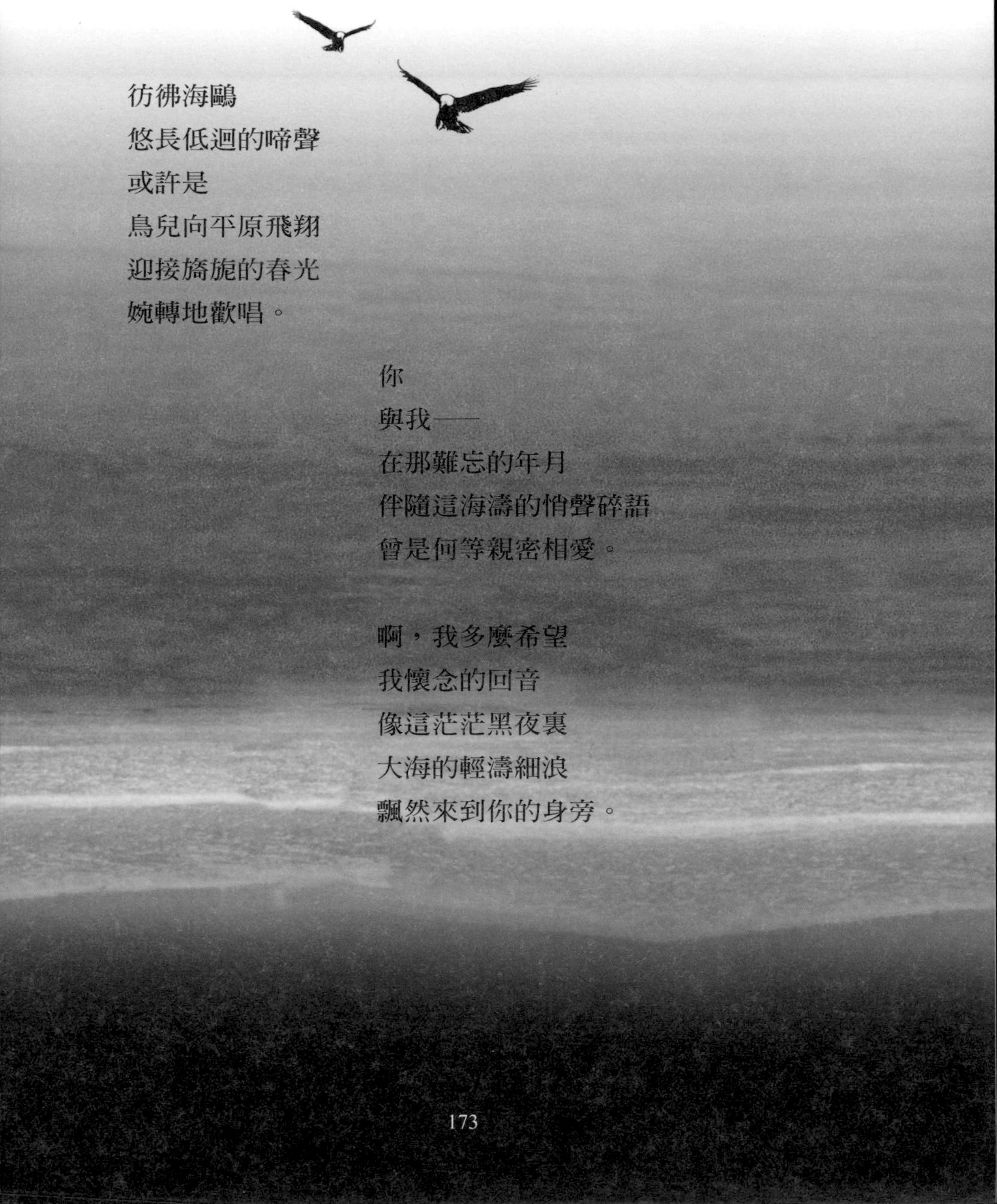

彷彿海鷗
悠長低迴的啼聲
或許是
鳥兒向平原飛翔
迎接旖旎的春光
婉轉地歡唱。

你
與我——
在那難忘的年月
伴隨這海濤的悄聲碎語
曾是何等親密相愛。

啊，我多麼希望
我懷念的回音
像這茫茫黑夜裏
大海的輕濤細浪
飄然來到你的身旁。

▲夸西莫多像

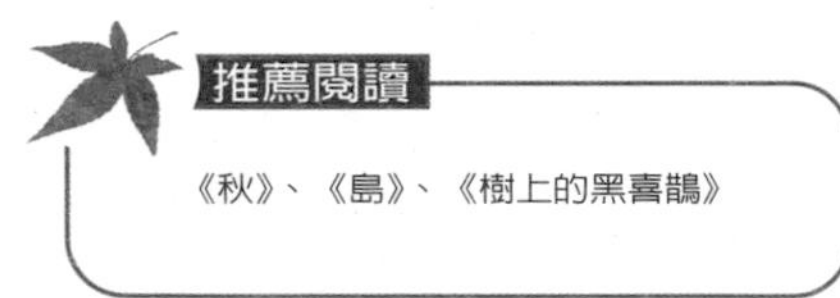

推薦閱讀

《秋》、《島》、《樹上的黑喜鵲》

作者簡介

夸西莫多（1901—1968），義大利現代著名詩人，隱逸派詩人的代表人物之一。出生在西西里島的一個文化小城，父親爲鐵路員工。詩人讀大學時學習土木工程建築，但他非常嚮往文學。由於家境貧困，詩人中途輟學，從事繪圖員、技師等工作。1926年，詩人在勞工部找到了一份固定的工作，擔任測繪員。1930年，詩人的第一部詩集《水與土》問世，奠定了詩人在義大利詩壇的地位。1938年，詩人離開建築部門，擔任《時報》的文學編輯，1939年因從事反法西斯活動被解聘。1941年，詩人成爲米蘭威爾第音樂學院的一名文學教授。1948—1964年，詩人先後在《火車頭》、《時報》等報刊主持專欄。1959年，詩人榮獲諾貝爾文學獎。1968年，詩人因腦溢血突然發作去世。

名作賞析

這首詩選自1947年出版的詩人的詩集《日復一日》。這時的詩人因爲二戰的原因更多地關注社會內容，但詩人並沒有停止寫自己擅長的題材——個人的眞切感受。那竊竊的低語、那每個字元、那每個單詞都滲透著詩人的感情：婉轉深情，如春花溫馨的香氣，滲透進人們的心靈，使人們身心舒泰。

「多少個夜晚/我聽到大海的輕濤細浪」，詩的開頭就爲讀者營造了一個溫馨的氛圍。那步履輕輕的海浪用手輕輕地拍著柔柔的沙灘，向沙灘傾訴著心底的軟聲款語。

詩人被這場面感動了，思緒密密匝匝地湧上詩人的心頭。詩人想起那遙遠的過去——也許是童年純眞的情愫，也許是少年的情事，它們掠過詩人的腦際，發出了嗡嗡的回音。然後詩人的思緒又飛向那廣袤美麗的大自然。海鷗在遼闊的海上悠悠飛翔，發出長而低的啼聲；鳥兒在寬闊的平原

▲1959年，夸西莫多（前右二）榮獲諾貝爾文學獎時的情景。
夸西莫多是義大利隱逸派詩人的代表人物之一，他的詩善於運用象徵、隱喻、聯想、類比等手法，語言凝練，形象鮮明，音韻優美，並以「詩行有餘味，篇中有餘意」著稱，詩風獨樹一幟，在西方擁有廣大的讀者。

上空飛舞，和春光一起嬉戲，盡情潑灑響亮而婉轉的歌聲。

詩人溫馨地回憶著，隨著飄飛的思緒，詩人不禁有了一種詠唱的衝動。「你/與我——」，詩人拖長聲調唱起來了。「在那難忘的年月」，也是伴著這悄聲碎語的海濤，在這樣如夢的夜裏，詩人與情人「曾是何等親密相愛」。最後一段，詩人放聲歌唱，這時已不再是簡單的回憶或者懷念，而成了一種強烈的想念。詩人強烈地想念著戀人，想念著那甜蜜的愛情。詩人唱道，「我多麼希望」，「 飄然來到你的身旁」。這柔情最終變成深深的悵惘。詩人並不能在愛人的身旁，詩人只能懷念，只能嚮往。

在詩中，夸西莫多通過獨特的「獨白式」抒情，用美麗的意象——海濤、海鷗、鳥兒表達了自己眞摯的感情。特別是後兩段，更使用演唱的音調，用感歎詞眞切地抒發了詩人的感情，喚起了讀者的感情。這種眞摯、純樸、簡潔的音樂形式都是詩人詩歌的特點，是詩人被當做「隱逸派」代表人物的原因。

▲義大利風光一瞥。

我不再歸去

◇希梅內斯 江志方 譯

I Won't Go Back

我已不再歸去。
晴朗的夜晚溫涼悄然，
淒涼的明月清輝下，
世界早已入睡。

我的軀體已不在那裏，
而清涼的微風，
從敞開的窗戶吹進來，
探問我的魂魄何在。

我久已不在此地，
不知是否有人還會把我記起，
也許在一片柔情和淚水中，
有人會親切地回想起我的過去。

但是還會有鮮花和星光
歎息和希望，
和那大街上
濃密的樹下情人的笑語。

還會響起鋼琴的聲音
就像這寂靜夜晚常有的情景，
可在我住過的窗口，
不再會有人默默地傾聽。

必讀理由

◇ 西班牙抒情詩大師希梅內斯的代表作
◇ 一首浸透柔情和淚水的懷舊詩

作者簡介

▲希梅內斯像

希梅內斯（1881—1958），西班牙現代著名詩人，西班牙抒情詩新黃金時代的開拓者。童年的孤獨和少年時在耶穌會學校長達11年的住校生活，使詩人的心裏隱藏了極大的憂傷。1896年，按照父親的意願，詩人前往塞維利亞學習法律和繪畫，但是他很快就轉向了文學創作。1900年，詩人和拉美現代主義詩歌創始人盧文·達里奧相識，被其詩歌深深吸引。同年，詩人發表詩集《白睡蓮》、《紫羅蘭的靈魂》，因過於感傷，飽受評論界指責。詩人決定回到家鄉，途中得知父親病逝，其身心受到極大打擊，爲此他多次住進療養院。1912年，詩人回到馬德里，做編輯工作，直到1916年去美。在美國期間，詩人結識了波多黎各的女翻譯家塞諾維亞——他後來一直鍾愛的妻子。在馬德里，詩人選拔了大批的青年詩人，成爲「二七年一代」的宗師。西班牙內戰期間，詩人站在共和派一邊，後被迫流亡國外；二戰時，他積極呼籲人民反戰。晚年的詩人因不滿西班牙的獨裁統治，定居波多黎各。1956年，詩人獲得諾貝爾文學獎。詩人的代表作主要有《底層空間》、《一個新婚詩人的日記》、《空間》等。

推薦閱讀

《憶少年》、《守夜》

名作賞析

《我不再歸去》是西班牙著名抒情詩人希梅內斯的名詩，曾被人們廣爲傳誦。

這是一首絕妙的抒情詩。詩的開頭爲讀者描繪了一個靜謐溫馨的夜世界。一個晴朗的夜，明月當空，灑下清冷的光輝，涼風輕拂，世界沉入夢鄉。此時，在世界的某個角落，一顆孤獨的靈魂展開了自己的心扉，吐露著心底的秘密和思念。詩由環境入手，再用軀體的不在寫「我的不歸」，確證我的不再歸去。然而，這一切又都和詩中的情景——那夜、那風、那鮮花、那星光等是那樣的背離，難道這不是詩人的回憶，難道彼處不是詩人聲稱不再歸去的地方？詩人不再歸去的，是軀體；而他的心緒去了，在那個或許是「家」的地方停棲和流連。

詩人何以要強調「我不再歸去」，強調「我的軀體已不在那裏」？詩人沒有，詩人是怕自己的歸去會帶來震動，帶給人們驚嚇。

▲1995年加逢發行的紀念希梅内斯的郵票。
希梅内斯的詩用語簡潔、格調清新、意境優美，開創了西班牙抒情詩新黃金時代的先河。1956年，由於「他的西班牙語抒情詩，成了高度精神和純粹藝術的最佳典範」，希梅内斯獲得諾貝爾文學獎。

詩人怕驚嚇到怎樣的情景呢？那情景，有鮮花和星光，有深情的歎息和對未來的嚮往，有濃密的樹下情人的笑語。這花前月下的風景、這生活的眞切，不僅是過去，不僅是現在，就是在未來仍會延續，在詩人要回歸的地方。那靜謐的的夜裏傳出幽婉曼妙的音樂，從那高雅心靈的深處升起，喚醒某些孤獨的心靈。

全詩構思精巧，語言清麗，委婉動人。每一行詩句都明白易懂，詩歌的情思主要是通過詩人主觀心靈的追思成像來完成的。詩人在西班牙傳統的抒情詩中加入現代象徵主義的手法。那月夜、微風、鮮花等客觀事物都是詩人情感的象徵，帶有詩人主觀的痕跡。詩人的思緒不斷在彼處和此地間往返，使得夾帶情感的景物綿延不斷，似乎都在一處。過去、現在、未來這種時間意象的流動也開始同時出現。那流動震顫的音樂，是詩人心底情感澎湃起伏的表現。詩人就使用這種意象的流動表現了心靈，用美的形式、藝術的表達爲讀者展示了一個美麗的生活情景，也帶給讀者美好的遐想。

青春

◇阿萊桑德雷 *Youth*
祝融 譯

你輕柔地來而復去，
從一條路
到另一條路。你出現，
爾後又不見。
從一座橋到另一座橋。
——腳步短促，
歡樂的光輝已經黯然。

青年也許是我，
正望著河水逝去，
在如鏡的水面，你的行蹤
流淌，消失。

◇ 阿萊桑德雷的名詩之一
◇ 一曲細膩委婉、含蓄雋永的青春詠歎調

作者簡介

▲阿萊桑德雷像

阿萊桑德雷（1898—1984），西班牙現當代著名詩人。生於風景秀美的海濱小城馬拉加。1911年隨全家遷往馬德里；1913年入大學學習法律和商業，畢業後從事商業工作，時常爲金融報紙撰稿。詩人18歲時開始嘗試寫詩。1925年，一場突如其來的肺結核病使得詩人放棄了工作， 開始了漫長的病榻生活，詩人從此決心從事詩歌寫作。1926年，詩人發表處女作，1928年發表第一部詩集《輪廓》，逐漸獲得人們的認可，成爲「二七年一代」的重要成員。1933年，詩人獲得西班牙皇家學院的國家文學獎。1944年，詩人的詩集《天堂的影子》引起轟動，使詩人成爲青年一代的先驅，聲望日隆，其創作也更加成熟。1977年，詩人獲得諾貝爾文學獎，西班牙全國歡呼雀躍，甚至有人預言：西班牙文學的第二個黃金時代就要到來了。詩人的作品除上面提到的外，還有《毀滅與愛情》、《心的歷史》、《畢卡索》、《知識的對白》、《終極的詩》等。

名作賞析

這首詩顯示了詩人詩歌創作的一貫主題和風格：用詩句來追問生命的意義及其內在價值，詩句低迴婉轉，平淡的言語中潛藏著深深的纏綿悱惻，淺易的吟唱卻蘊含著極大的震撼力。

這首詩寫的是青春。青春是一個很多人都會思考的人生課題，青春每個人都會經歷，而且又都會失去。朱自清的《匆匆》和泰戈爾的《青春》兩篇文章，都表達了對時光和青春易逝的嘆息、對人生的依戀。

阿萊桑德雷在對青春的思索中，獲得了一個流動的青春意象，獲得了一份美麗的人生感受和啓示。青春如同由一段段的旅程、一座座橋組成，人們在前行的途中和青春相遇，然後又與青春匆匆地別離。就在這樣的匆匆之中，在這樣一個個的瞬間，青春帶

推薦閱讀

《在生活的廣場上》、《彗星》

▲1985年西班牙發行的紀念阿萊桑德雷的郵票。
阿萊桑德雷的詩作以「悲情」的我為中心，抒情色彩濃郁，情調淒惻感傷。1977年，阿萊桑德雷因其「具有創造性的詩作繼承了西班牙抒情詩的傳統並汲取了現代流派的風格，描述人在宇宙和當今社會中的狀況」而獲得諾貝爾文學獎，為西班牙文學贏得了無限榮耀。

給了人們歡欣和愉悅。當青春離去時，那歡愉隨即也就暗淡下來。

詩中的青年其實就是詩人自己。望著那河水不斷地流去，詩人心中生出無限的感慨，同時也獲得了一份美麗的感悟和深刻的啓示。青春在那樣的一瞬間，在智慧的心靈中化爲一首歌，也許導演出一部豐富的人生戲劇。青春如同那明鏡般的流水，映現著深厚的生命內涵。「逝者如斯夫」，那滔滔東逝水帶給人們多少啓示和警戒呀！

電影《東邪西毒》裏有一段精采的臺詞：「人總有那麼一個階段，見一座山，就想知道山的後面是什麼。」這首詩就是表現了青年人的這種夢想和執著的追求，以及不斷向山的對面翻越前進的激情。

詩歌不僅在內容和語言上表現了詩人創作的一貫思路和主題，而且在形式和風格上也代表了詩人的創作風格和特色。詩歌採用自由體，優美的詞語不拘一格地排列在一起，承接自然，輕盈靈動。詩歌使用普通的意象和平凡的比喻，用一種恰當獨特的方式放在一起，使詩歌具有了很豐富的隱喻義，意象也不再普通。正是這些使得詩人的詩能深刻地啓示著人們，引發人們對生命的思考。

豹

Leopard

◇里爾克 馮至 譯

它的目光被那走不完的鐵欄
纏得這般疲倦，什麼也不能收留。
它好像只有千條的鐵欄杆，
千條的鐵欄後便沒有宇宙。

強韌的腳步邁著柔軟的步容，
步容在這極小的圈中旋轉，
彷彿力之舞圍繞著一個中心，
在中心一個偉大的意志昏眩。

只有時眼簾無聲地撩起——
於是有一幅畫像浸入，
通過四肢緊張的靜寂——
在心中化爲烏有。

◇ 里爾克的代表作開啓了存在主義的先河
◇ 發表時迴響巨大，影響深遠

作者簡介

▲里爾克像

里爾克（1875—1926），奧地利現代傑出詩人，20世紀德語國家中最重要的詩人。出生於一個鐵路工人家庭。9歲時父母離異，詩人跟隨母親生活，被當做女孩養著：蓄長髮，穿花衣，用女名。這些造成了詩人敏感脆弱的性格。11歲時，詩人被送進軍事學校，1891年因爲身體太差轉到一所商業學校，第二年即退學。1895年，詩人入布拉格大學攻讀哲學，次年遷居慕尼黑，從事文學寫作，同時也開始了流浪的生活。1897年，詩人結識莎樂美——和尼采、弗洛伊德聯繫在一起的女子。1901年，詩人和一位雕刻家結婚，次年二人即分居。在隨後的幾年裏，詩人流浪於歐洲文化名城之間，曾作過羅丹的秘書。一戰中，詩人被徵召入伍，但因體力不支轉到軍事檔案局工作，不久復員。1925年，詩人最後去了一次巴黎，和象徵派詩人切磋詩藝。1926年，在生命的最後時刻，詩人得到了流亡在外的俄羅斯女詩人茨維塔耶娃的愛。詩人一生主要作品有《圖像集》、《新詩集》、《杜伊諾哀歌》、《致奧爾甫斯的十四行歌》等等。

推薦閱讀

《旋轉木馬》、《愛的歌曲》、《沉重的時刻》

名作賞析

這首詩寫於1903年。此時，詩人剛剛經歷了一場失敗的婚姻，心情憂鬱，詩人在義大利、法國等地的名勝或文化繁華之地流浪。詩人希望憑藉那些自然的靈魂、那人類的文明，能給自己的心靈帶來些許的安慰和生活的啓示。

一天，詩人在巴黎的植物園與一隻豹子相遇，心中產生了無限感慨。從豹的目光中，詩人感到鐵欄的可惡、那鐵欄背後的局促和那顆被壓抑得疲憊不堪的心。在詩人心中，鐵欄瞬間化成了生活中的千百堵牆，千百種困境。在詩人眼中，豹子就是詩人的化身，豹子的境遇就是詩人生活的象徵。

詩人隨即注意到了豹子的腳步,「強韌」但「柔軟」的腳步，在極小的圈子裏旋轉。這情境與詩人的境遇是何等的相似。也許，詩人有著熱烈的追求，有著勃發的熱情和深遠的夢想，但是詩人只能圍著那個中心打轉。這在詩人看來是「偉大意志的昏眩」。

最後一段，詩人寫豹子的睡，那昏眩的睡。「只是有時眼簾無聲地撩起」，懶懶地看著世界。在放鬆的靜寂中，一切化爲烏有，詩人、自然（由豹來指代）和宇宙融爲一體了嗎？那靜靜的目光，那悠然的心靈此時已超越了鐵欄，超越了生活的繁瑣和局促嗎？也許。

這首詩所體現的「存在主義」式的思考使得西方當時或者後起的詩人、讀者紛紛開始更加深入地思索生活及其自身的意義，思索宇宙的意義。可以說，這首詩不僅反映了詩人思想的成熟，而且加深了象徵主義詩歌的內涵，在文學上開了存在主義的先河，對後期的象徵主義產生了極大的影響。

這首詩是里爾克的名作、代表作，流傳甚廣。詩歌有著明顯的象徵主義風格：用豹子象徵詩人自己，用鐵欄象徵無奈和令人煩躁的生活，用昏眩或者靜寂來表現詩人心靈與宇宙的冥和等等。這首詩也是詩人詩風轉向的標誌。在該詩中，詩人已擺脫了早期的單一主觀抒情模式，而轉向了借助外物來充分表現自己的情感和思考，以達到心靈和世界的冥和的表現方式。總之，這首詩奠定了詩人在當時象徵主義詩人中的領袖地位。

▲里爾克在其寓所庭院的留影。
里爾克是西方現代詩歌史上一位標新立異的卓越詩人，他的詩作展示了令人驚異的音樂美、雕塑美，拓展了詩歌藝術的表現領域，開啓了「存在主義」的先河，對現代詩歌的發展產生了深遠巨大的影響。

我願意是急流

◇裴多菲 孫用 譯

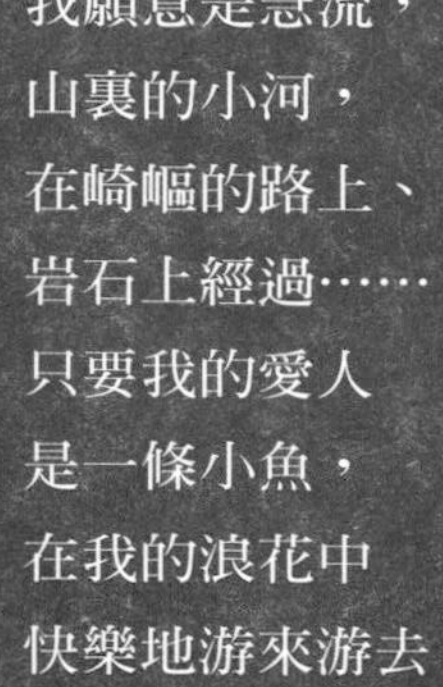

I Would Like to Be the Riptide

我願意是急流，
山裏的小河，
在崎嶇的路上、
岩石上經過……
只要我的愛人
是一條小魚，
在我的浪花中
快樂地游來游去。

我願意是荒林，
在河流的兩岸，
對一陣陣的狂風，
勇敢地作戰……
只要我的愛人
是一隻小鳥，
在我的稠密的
樹枝間做窠、鳴叫。

▼裴多菲的妻子森德萊．尤麗婭
尤麗婭原是一位匈牙利伯爵的女兒，貌美端莊，裴多菲在一次鄉村舞會上與其相識，狂熱地追求她，但遭到尤麗婭父親的極力反對。尤麗婭欽佩裴多菲的詩才與革命意志，衝破家庭樊籬，與裴多菲結為伴侶。裴多菲一生中寫下了大量的愛情詩，其中大部分是寫給尤麗婭的。

必讀理由

- 匈牙利傑出詩人裴多菲的愛情名詩之一
- 以優美的語言表達了更為深刻的愛情主題
- 被譯成多國文字、流傳廣泛

我願意是廢墟，
在峻峭的山岩上，
這靜默的毀滅
並不使我懊喪……
只要我的愛人
是青青的常春藤，
沿著我荒涼的額，
親密地攀援上升。

我願意是草屋，
在深深的山谷底，
草屋的頂上
飽受風雨的打擊……
只要我的愛人
是可愛的火焰，
在我的爐子裏，
愉快地緩緩閃現。

我願意是雲朵，
是灰色的破旗，
在廣漠的空中
懶懶地飄來蕩去，
只要我的愛人
是珊瑚似的夕陽，
傍著我蒼白的臉，
顯出鮮豔的輝煌。

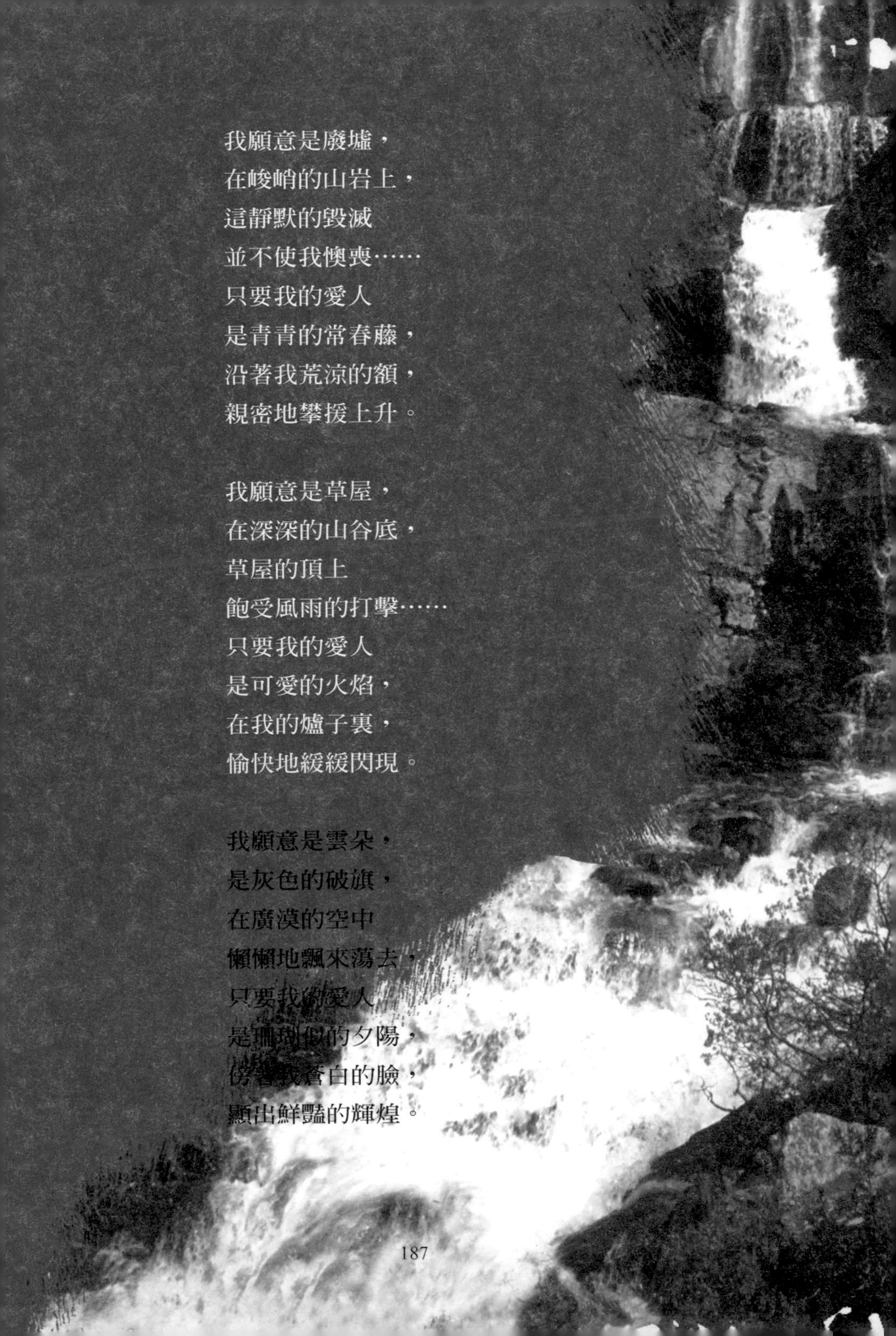

作者簡介

▲裴多菲像

裴多菲（1823—1849），匈牙利歷史上最偉大的詩人、文學家。出生於一個屠戶家庭，一直都在貧困中度過。自小以從軍爲理想，16歲時輟學，多報兩歲進入軍隊，不久因肺病退伍，進入一家話劇團。1843年，詩人出版其第一本詩集，受到人們關注。1846年，詩人領導組織了革命作家團體「青年匈牙利」，創辦刊物《生活景象》，宣傳民主自由思想。同年，詩人在一個鄉村舞會上與森德萊·尤麗婭一見鍾情，但遭到女孩的伯爵父親的極力反對。不久詩人在一次外出途中聽到情人嫁人的消息，便匆匆趕回。結果詩人發現是謠傳，喜極而泣。1848年3月15日，布達佩斯爆發市民起義，詩人作爲領導者之一，寫下了著名的《民族之歌》。起義不久蔓延到全國，到秋季，匈牙利的人民獲得了自由。然而，俄奧帝國派兵侵入匈牙利，詩人親往前線，抗擊侵略者。1849年7月，詩人爲祖國而犧牲，年僅27歲。詩人的作品主要有《詩集》、《使徒》等。其中有很多詩都流傳甚廣，如《自由與愛情》、《民族之歌》等。

推薦閱讀

《自由與愛情》、《我的愛情在一百個形象中》、《祖國之歌》

名作賞析

這是一首情詩，寫於1847年詩人在和鄉村少女森德萊·尤麗婭戀愛的時期。詩歌以流暢的言辭和激昂的感情抒發了詩人心中對愛人熱烈誠摯的愛。裴多菲的詩如同裴多菲的生命、愛情和胸懷，一樣的豪情壯志，一樣的激昂慷慨。

詩人願意是急流，順著山中窄窄的水道，穿越崎嶇的小路，流過崢嶸的岩石。詩人這樣願意，條件是他的愛人是一條小魚。詩人願爲她掀起朵朵小小的浪花，讓愛人在其間嬉戲遊玩。

然而急流仍不足以表明詩人愛的專一，詩人願意把愛人設想爲更多的形象──小鳥、常春藤、爐子、珊瑚般的夕陽，它們在詩人的懷抱或者胸

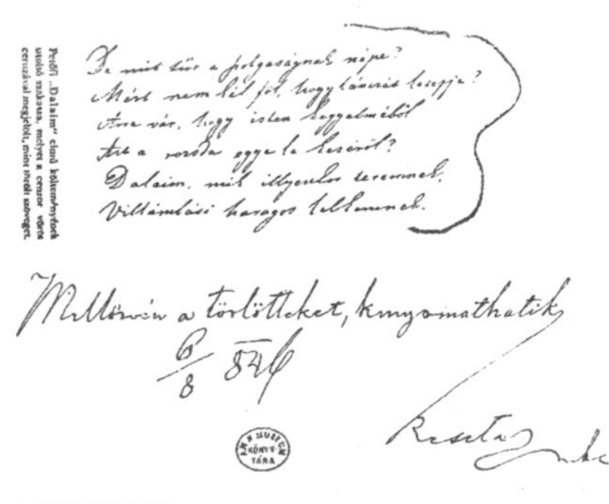

▲裴多菲手跡。

膛裏自由生長，任意徜徉。因爲，詩人願意是荒林，即使狂風肆虐；願意是廢墟，即使毀滅在峻峭的山岩；願意是草屋，即使飽受風雨的打擊；願意是雲朵、破旗，即使只能來襯托愛人的美麗和燦爛。

詩中這些疊加在一起的意象，處處透著蒼涼和悲壯。蒼涼和悲壯的背後是一種崇高和執著，心靈的崇高、愛情的執著。戀人的形象一方面是詩人眼中的戀人的形象：美麗、歡快、熱情而鮮豔；另一方面也代表了詩人追求的理想。

詩歌用排比的段落、連續的短句恰當地表達了豐富的內容，激情四溢，波瀾壯闊。這首詩也是詩人的愛情聲明：堅貞不移、義無反顧。正如詩人另一首著名的詩所說的：「生命誠可貴，愛情價更高；若爲自由故，二者皆可拋。」詩人就是這樣，爲了自己所追求的東西，意念堅定，無怨無悔。多麼偉大的獻身精神！多麼偉大的胸懷！

▲1948年3月15日，裴多菲在匈牙利民族博物館前朗誦《民族之歌》。
裴多菲不僅是19世紀匈牙利卓越的詩人，也是一位傑出的民族解放運動的戰士。他以詩歌為武器，猛烈抨擊國內外反動勢力，一生中寫下了大量的政治抒情詩。一個世紀以來，裴多菲的名字和他的詩歌一起，成了自由和愛國的象徵，激勵著世界各國熱愛自由、和平的人們，為爭取本民族的解放、進步而不懈奮鬥。

詩人正是憑著這種執著堅貞的愛情觀，使得詩人不懼一切艱難險阻也要和愛人在一起。正是這種對理想的崇高追求，對自由的堅韌追求，使得詩人連同他的詩深深地打動了人們，刻在了一代又一代渴望自由與理想的人們心中。

美好的一天

◇米沃什 薛菲 譯

A Beautiful Day

多美好的一天呵！
花園裏幹活兒，晨霧已消散，
蜂鳥飛上忍冬的花瓣。
世界上沒有任何東西我想佔爲己有，
也沒有任何人値得我深深地怨；
那身受的種種不幸我早已忘卻，
依然故我的思想也縱使我難堪，
不再考慮身上的創痛，
我挺起身來，前面是藍色的大海，點點白帆。

必讀理由

◇波蘭著名詩人米沃什的代表作之一
◇一首清新優美的勞動與生活讚歌

作者簡介

▲米沃什像

米沃什（1911－），波蘭當代著名詩人、作家。生於當時屬於波蘭版圖的立陶宛的一個小城。童年時跟隨父親到過俄國的許多地方。中學時代，詩人受到天主教的強行教育。中學畢業後進入維爾諾大學攻讀法律，獲得碩士學位。1931年，詩人與朋友們一起創立文學團體「火炬社」，發行刊物《火炬》，號稱現代波蘭文壇的「災難主義詩派」。1933年，詩人出版其第一部詩集《冰封的日子》，並因此獲獎學金，赴巴黎留學兩年，歸國後在波蘭電臺工作。1936年，詩人出版其第二部詩集《三個冬季》。二戰期間，他在華沙積極參加反法西斯鬥爭，還編寫過抗德詩集《無敵之歌》。戰後曾任波蘭駐美使館和駐法使館的文化參贊。1953年，他在巴黎出版的社會政治學論著《被奴役的心靈》，使他贏得了國際聲譽。1955年，詩人的小說《奪權》出版，獲歐洲文學獎。1960年後，詩人定居美國，在加利福尼亞大學伯克萊分校任斯拉夫語言文學系教授。1973年，他出版了早期詩作《詩選》，1974年出版晚期詩選《冬日鐘聲》，並獲1978年美國奧克拉荷馬大學頒發的「當代世界文學季刊獎」。1980年，詩人獲得諾貝爾文學獎。另外，詩人的作品還有《無名的城市》、《日出和日落之處》等。

名作賞析

曾經有人說過，米沃什所有的詩是「一首關於時間的輓歌」。詩人在漫漫的生命旅程中，在連綿不絕的時間中要遺忘的是什麼呢？是詩人的生活碎片和混亂的瑣碎小事，還是詩人經歷的苦難？或者二者都有？在經歷了漫長的艱難生活之後，詩人深感現實的污濁，詩人需要一絲人間的溫情來撫慰自己那顆曾飽受磨難的心。

推薦閱讀

《雲》、《偶然相逢》、《牧歌》

▲米沃什（左）在其諾貝爾頒獎儀式上與朋友在一起。
米沃什的詩歌具有一種超然世外、隱逸清漠的曠達氣質，在西方詩壇上獨樹一幟。他在自己的全部創作中，以毫不妥協的敏銳洞察力，淋漓盡致地描述了人類在劇烈衝突的世界中的赤裸狀態和所受到的威脅，表現了人道主義的態度和藝術特色。1980年，米沃什因此獲得諾貝爾文學獎。

「美好的一天」，詩歌開頭的一句話，引起了人們同樣美好的想像和回憶。接下來詩人展開敘述。在一個早晨，暖和溫情的陽光打破深沉的夜和濃濃的霧，照在花園裏。晨霧並沒有散盡，像一層朦朧的薄紗罩在這美麗的清晨和這美麗的花園上。花園裏的花朵，還沒有完全地開放，還在充滿生機的、粗壯的枝頭孕育著春天的氣象；一隻蜂鳥從花園中飛起，傳遞著春的資訊。

在這樣的早晨，詩人在自己的靠近海邊的花園裏勞作。那是一種平凡而美麗的生活！詩人的心中也感覺到了幸福，那種平凡的幸福。詩人在這樣的情境中獲得了一種深深的滿足。詩人的心中再也沒有什麼想據爲己有的東西；詩人心中的怨恨在這樣的美景中，在這樣的美好一天完全忘記了；一切都顯得不那麼重要了，充滿苦難和不幸的過去，現在還在遭受的不幸和尷尬、不公都如過眼雲煙，在這樣的早晨已不再重要。重要的只是詩人的勞作和花園，花園裏的花朵和早晨的蜂鳥。詩人站起身，面朝藍色的大海，那點點白帆在詩人的眼前閃現。這樣的情境不禁讓人想到中國古代詩人陶淵明的詩句「採菊東籬下，悠然見南山」所描繪的那份悠閒，那份恬靜，讓人久久難以忘懷，回味無窮。

致海倫

To Helen

◇愛倫·坡

懷宇 章蘊 譯

你的美貌對於我，
　　就像古老的尼色安帆船，
它載著風塵僕僕疲憊的流浪漢，
　　悠悠蕩漾在芳馨的海上，
駛向故鄉的海岸。

你那紫藍色的頭髮，古典的臉，
　　久久浮現在洶湧的海面，
你的仙女般的風姿，
　　把我引入昨日希臘的榮耀，
和往昔羅馬的莊嚴。

嗨！我瞧你佇立在壁龕裏，
　　英姿煥發，婷婷玉立，
手握一盞瑪瑙燈。
　　啊，普賽克，
你從天國來。

必讀理由

- ◇ 愛倫·坡的代表作之一
- ◇ 一首典雅純樸的美的讚歌
- ◇ 具有濃厚的古曲色彩、唯美情韻

▲愛倫．坡像

作者簡介

愛倫 ·坡（1809—1849），美國文學的奠基人之一，著名詩人、小說家。出生在波士頓的一個平民家庭，自小父母雙亡，後被一個富豪的妻子收養。22歲時，詩人與自己的養父吵嘴，離「家」出走，獨自謀生，同時開始創作詩歌。詩人曾分別在1827年、1829年、1831年出版了3部詩集《帖木爾及其他》、《帖木爾及小詩》等。另外詩人還有大量的小說傳世，這些小說是現代怪誕、推理和科幻小說的先驅。詩人一生都過著貧困的生活，靠艱苦的編輯和排版工作維持生計。據說詩人的作品在生前只獲得一次獎勵，獎金也只有100美元。1849年，詩人病逝，年僅40歲。詩人死後，其作品漸漸得到了世人的承認，波特萊尊稱他為「當代最強有力的作家」，其創作被認為奠定了美國本土文學的傳統。

名作賞析

這首詩大約寫於1920年，其時詩人才15歲。據說詩人童年時，一個鄰居的母親在詩人心中留下了深深的印象，給詩人孤單流浪的生活帶來了些許安慰和精神支持。多年之後，那美麗、純樸和慈愛的形象在詩人的想像中就化為了這首詩。

詩人追求的是神聖的美，是彼岸的輝煌。海倫，這古希臘的美人——使兩個國家之間爆發了戰爭的女人，正是這種美的象徵。海倫的美像那古老的帆船，古典、優雅。這船在詩中代表了一種純美——擺脫了具體

推薦閱讀

《烏拉盧姆》、《烏鴉》、《海之城》

University of the City of New-York.

ORATION AND POEM,

BEFORE THE

PHILOMATHEAN AND EUCLEIAN SOCIETIES,

Tuesday, 1st JULY, 1845, 7½ P. M.

AT

UNIVERSITY PLACE CHURCH, DR. POTTS.

Orator, Hon. D. D. BARNARD. Poet, EDGAR A. POE.

▲愛倫．坡的紐約大學的免修證明。

物象的美麗，鉛華盡去的美麗。

一種歷史感，一種古典的滋味在詩中慢慢地渲染起來了。這樣的帆船，載著風塵僕僕的流浪漢——比如英雄的奧修斯，比如追尋心靈世界的唐 ·吉訶德，比如尤利西斯——在微波蕩漾的溫馨海面上，在風景優美的人生路途中，駛向故鄉的海岸，駛向心靈的港灣。海倫，勾起了詩人心中的詩情，勾起了詩人豐富的想像力。

▲英國漫畫家魯賓遜為愛倫 · 坡的詩歌《烏拉盧姆》所作的配圖。

愛倫 · 坡不僅是一位享有世界聲譽的詩人，也是一位成就卓著的小說家。他的小說開了現代推理偵探小說的先河，對後世影響巨大，英國的柯南道爾、法國的加博里歐等著名偵探小說家都模仿過愛倫 · 坡的小說。

海倫好像出現在詩人的眼前。那美麗的形象鮮明活潑，那風姿神采令人心馳神往。那紫藍色的頭髮，透著神秘，帶著零碎和華麗的裝飾性。那樣美麗的情景在大海上浮現，長久地停留。那樣的情景也深深地印在了詩人的心中，在詩人的生活中久久地指引著詩人的靈魂。對於那美麗的海倫，詩人只能用最俗套的一個詞來形容：仙女。她讓詩人在歷史的河流中沉思，在希臘、羅馬的昔日榮耀和莊嚴中沉醉。

詩人想將這立在壁龕中的女神——古代的麗人復活。在詩人的想像中，海倫已經復活了，只不過是在神臺上寧靜地佇立著。她手中握著透著祥和的光芒的燈，指引著船夫、水手駕船安全順暢地航行於海上。她是世界美麗的象徵，是來自天國的神，是人類高尚的靈魂。

愛倫 ·坡的詩追求詩歌的純美，藝術可能是他的唯一追求。全詩音律和諧，具有音樂性的美，意境的使用和連接也新穎而流暢。另外，詩人的詩追求彼岸世界、追求神聖東西的特點在這首詩中也表現得淋漓盡致。海倫，既是美的象徵，也是詩人的追求。她象徵著一個神聖境界，一種彼岸世界。全詩帶著一種神聖的氣氛，所使用的意象一定程度上都和神話有關。

愛倫 ·坡的詩在面世不久被波特萊爾看到。在這位法國詩人的推動下，他的詩歌風格迅速產生了世界性的影響，並發展成一種綿延近一個世紀的文學流派——象徵主義。

哦，船長，我的船長

Oh, Captain, My Captain

◇惠特曼 江楓 譯

哦，船長，我的船長！我們險惡
　　的航程已經告終，
我們的船安渡驚濤駭浪，我們尋
　　求的獎賞已贏得手中。
港口已經不遠，鐘聲我已聽見，
　　萬千人眾在歡呼吶喊，
目迎著我們的船從容返航，我們
　　　　的船威嚴而且勇敢。
　可是，心啊！心啊！心啊！
　哦，殷紅的血滴流瀉，
　　在甲板上，這裏躺著我的船長，
　　　他已倒下，已死去，已冷卻。

◀林肯在為美國人民作政治演講。
林肯是美國南北戰爭時期的總統。他在任期間，頒布了一系列具有進步意義的法令，使廣大美國人民尤其是黑人獲得了一定程度的人身解放。林肯還以傑出的領導才能率領美國北方人民取得了內戰的勝利，摧毀了南方種植園奴隸主制度。最後林肯被南方奴隸主派遣的間諜刺殺而亡。詩人惠特曼聞訊後，寫下了《哦，船長，我的船長》一詩，表達了全美國人民的哀思。

哦，船長，我的船長！起來吧，
　　請聽聽這鐘聲，
起來，——旌旗，爲你招展——
　　號角，爲你長鳴。
爲你，岸口擠滿人群——爲你，
　　無數花束、彩帶、花環。
爲你，熙攘的群衆在呼喚，爲你
　　轉動著多少殷切的臉。
這裏，船長！親愛的父親！
　你頭顱下邊是我的手臂！
　　這是甲板上的一場夢啊，
　　　你已倒下，已死去，已冷卻。

我的船長不作回答，他的雙唇慘白、寂靜，
我的父親不能感覺我的手臂，他
　　已沒有脈搏、沒有生命，
我們的船已安全拋錨碇泊，航行
　　已完成，已告終，
勝利的船從險惡的旅途歸來，我
　　們尋求的已贏得手中。
歡呼，哦，海岸！轟鳴，哦，洪鐘！
　可是，我卻輕移悲傷的步履，
　　在甲板上，這裏躺著我的船長，
　　　他已倒下，已死去，已冷卻。

必讀理由

◇ 美國「草葉詩人」惠特曼的代表作之一
◇ 一首感人至深的悼念林肯的輓歌
◇ 被譯為多國文字，流傳廣泛

▲惠特曼像

作者簡介

惠特曼（1819—1892），美國19世紀著名詩人，美國現代詩歌之父。出生在長島海濱的一個貧苦農家。5歲時全家遷往布魯克林。由於家庭貧因，詩人11歲時就輟學，當油漆工、印刷工、小學教師等掙錢糊口。1839年，詩人開始發表詩歌和散文等作品，並獨自出了一份小報《長島人》。1842年後詩人先後擔任《曙光報》、《鷹報》、《自由人報》等報紙編輯，但都因爲詩人持有反對奴隸制的民主主義立場而被解職。1850年，詩人當起木匠，同時進行詩歌創作。1855年，詩人的一本僅有12首詩的詩集《草葉集》面世。詩集開始受到了攻擊和誹謗，但它以豐富的情感和嚮往自由的精神最終獲得了人們的認可。1892年，已有400餘首詩歌的最後一版《草葉集》出版。美國內戰期間，詩人親自參加了反對奴隸制的戰爭。由於在內戰中辛勞過度，詩人於1873年患半身不遂症，在病榻上度過了近20年的艱難生活。1892年3月26日，詩人在卡登姆去世。

名作賞析

這首詩選自惠特曼的詩集《草葉集》，寫於1865年，爲悼念林肯總統而作。美國南北戰爭期間，林肯領導美國北方人民平息了南方種植園奴隸主發動的叛亂，摧毀了南方奴隸制度，爲美國資本主義的發展鋪平了道路。但林肯也因此遭到南方奴隸主的極度仇恨，內戰結束不久，林肯就被南方奴隸主所派遣的間諜刺殺。林肯遇刺後，美國人民極爲沉痛，紛紛舉行各種悼念活動。詩人惠特曼也寫下了著名的《哦，船長，我的船長》一詩，表達了自己的哀思。

推薦閱讀

《獻給你啊，民主》、《平靜的日子》、《傍晚時我聽見》

「哦，船長，我的船長！」詩的開頭直抒胸臆，情感熾烈，彷彿一股久蓄於胸的情感熱流奔湧而出，連綿不絕地流淌。詩人將林肯比喻爲率領美國人民駕駛帆船搏擊驚濤駭浪向目的地前進的船長。險惡的航程終於結束了，「我們的船安度驚濤駭浪」，「尋求的獎賞已贏在手中」，港口在望，鐘聲傳來，萬千人眾在岸口歡呼吶喊，歡迎帆船返航。然而就在勝利到來的時刻，船長卻倒下了，他躺在甲板上，身上「殷紅的血滴流瀉」，他「已死去，已冷卻」。

「我」不願自己所看到的是現實。「哦，船長，我的船長」，詩人再一次深情地呼喚著，詩人希望船長能夠從「沉睡」中醒來，重新帶領人們搏擊風浪，開始新的航程。岸口旌旗招展，號角長鳴，人們揮舞著花束、彩帶、花環，歡呼著，臉上帶著殷切的表情，迎接船長的到來。可是船長，「親愛的父親」，頭枕在「我的上臂上」，「已死去，已冷卻」。對周圍的一切，船長毫無知覺，不作回答，感覺不到「我」的手臂的振動。船已下錨，航行已告終，在歡呼勝利的時刻，我步履沉重，悲傷地走在船長躺著的甲板上，船長「已死去，已冷卻」。無限的感慨，無限的沉思。

▲**19世紀中葉建成時的美國白宮。**
當時林肯以白宮為政治中心，領導美國北方人民向南方種植園奴隸主作戰，取得了內戰的勝利，使美國黑人獲得了一定程度的人身解放，為美國資本主義的發展鋪平了道路。

這首詩最能體現詩人的創作風格——豪邁奔放、舒卷自如、鏗鏘有力。詩歌形體自由活潑，適於感情的抒發；長短句交替運用，富於節奏感，讀來朗朗上口；每段的結尾反覆使用同一句子，渲染了氣氛，加強了表達效果；比喻、象徵、排比等手法的運用，也增強了詩歌的感染力。

靈魂選擇自己的伴侶

◇狄金森　江楓 譯

Soul Chooses His Mate

靈魂選擇自己的伴侶，
然後，把門緊閉，
她神聖的決定，
再不容干預。

發現車輦停在她低矮的門前，
不為所動，
一位皇帝跪在她的席墊，
不為所動。

我知道她從一個民族衆多的人口
選中了一個，
從此封閉關心的閥門，
像一塊石頭。

必讀理由

- 美國著名女詩人狄金森的代表作之一
- 一個孤寂靈魂的真情告白
- 青年人必讀的愛情詩

作者簡介

▲狄金森像

狄金森（1830—1886），19世紀美國著名女詩人。出生於美國東部景色秀美的小城阿默斯特的一個高貴之家。家中那棟高大的紅磚房是她永遠的生活背景——除在23歲隨父親去了一次華盛頓，此後從未離開過。詩人就是在她家鄉的青山綠水中，在她浸潤一生的街道之間逐漸培育出了動人的詩情。詩人一生僅有的一次遠行卻給她帶來了終生的痛苦。那年，詩人23歲，在去華盛頓的路中邂逅牧師查爾士．沃茲華斯。兩人相戀，但不能一生相守。沃茲華斯已有妻室，他在與詩人保持了近10年的通信後，最終音訊全無。詩人從此性格更加內向，幾乎不與任何人交往。1886年，詩人在獨居了20年後平靜地離開了人世。詩人生前僅有8首詩作發表。1890年，她的詩集被整理出版，開始在美國乃至世界流傳。

名作賞析

一個人的靈魂就是一道生命的風景，就是一個人的生命信念。青年時代那場無果的愛情讓詩人刻骨銘心，也讓詩人心灰意冷。詩人毅然決然地關上了心靈的大門，從此淒清孤寂地索居於自己的一方天地裏。

伴侶是人生命中的一部分，是人相守一生的另一半，是人的信仰和生活支柱。詩的開頭說：「靈魂選擇自己的伴侶。」詩人的意志是堅定的，心是聖潔的，她緊緊地守著自己的靈魂，守著自己生命的風景、信念。

靈魂選擇了自己的伴侶，就關上門，堅定地守著自己的決定。這是一種神聖的決定，它不容干預。一種強烈的內心執著意念，一種內視的心靈在自己的天堂裏紮根、生長。這種愛情是義無反顧的，一旦愛上一個人，就堅定地將自己的靈魂，還有生命一併交給另一個靈魂。

但是，愛情並不是一點沒有煙火味，她會經常受到來自外部因素的影響。「車輦停在她低矮的門前」，「一位皇帝跪在她的席墊」上，這是一

◀《狄金森詩選》中文版封面。
狄金森青年時邂逅風流倜儻、已有妻室的牧師沃茲華斯，兩人相戀。但脆弱的沃茲華斯優柔寡斷，始終在狄金森與妻室之間徘徊，最終扔下狄金森而去，杳無音信。狄金森備受情感的煎熬，心灰意冷之餘關上了心中那扇神聖的大門，在寂寞獨居了20年後淒然地離開了人世。因此她的詩歌內容大多與愛情、靈魂、死亡有關，是一顆聖潔孤寂的靈魂的獨白，是美國詩歌寶庫中一道獨特的風景。

推薦閱讀

《沒有一條船能像一本書》、《冬日的下午》、《百年以後》

個暗示，暗示外部因素的紛繁和干擾力量的強大。然而，靈魂堅定而不為所動！這些更進一步地說明堅貞愛情的不易，說明那靈魂的純眞和堅毅。

詩人認為這些還不足以表達自己靈魂的堅定，詩人還要用平靜的語氣再說一遍：「不為所動。」詩人要表明，詩人的決定是在理智的情況下作出的。詩人的愛情是堅定的，是靈魂的冷靜選擇，從眾多民族眾多的人口中選中一個自己的伴侶。自此，靈魂就關閉了關心的閥門，不為任何外物所動。這是何等的決心！

詩歌詩意濃縮，表達精練，在簡單的詞句中蘊含了深厚的內在意蘊和深長的言外之意。同時，詩人由於情感經歷的波折而導致的內向性格、濃重的清教徒式的清高意念和看破紅塵的心情，在這首詩中表現得十分明顯。詩中，皇帝的跪伏、石頭等簡明意象的使用，都表明了詩人的不為所動的堅定決心，表現了詩人的執著。那簡潔有力的語言給人以極大的感染力，那簡單冷清的情景帶給人們很多的想像。正是由於這些，使得詩人的詩具備了獨特的魅力，在世界各國廣泛流傳，深深地打動著世人的心。

在一個地鐵車站

At the Railway Station

◇龐德 杜運燮 譯

人群中這些面孔幽靈一般顯現；

濕漉漉的黑色枝條上的許多花瓣。

必讀理由

◇ 意象派詩歌的代表作
◇ 意象派詩人領袖龐德的代表作
◇ 開啓了詩歌的一個新時代
◇ 幾乎為當代西方每一個詩歌選本收錄

作者簡介

▲龐德像

龐德（1885—1972），美國現代著名詩人、評論家。出生在一個職員家庭。青年時在賓夕法尼亞大學學習羅曼語言文學，業餘時間醉心於現代詩歌技巧的研究，深受中國傳統詩歌的影響。1908年，詩人遷居英國，在那裏發起現代詩歌史上著名的意象派運動。1909年，詩人結識著名詩人葉慈，曾在1913年任後者的秘書。1916年，意象派組織解散，詩人也於1920年遷往巴黎，不久定居義大利。二戰中，詩人爲墨索里尼做反美宣傳，後爲美軍抓獲，在審判中發瘋，被送進精神病院，12年後，審判以無罪結案。晚年的詩人在義大利度過，精神恍惚。其作品有長詩《詩章》等。短詩《在一個地鐵車站》更是意象派詩歌的傑作。

名作賞析

這首詩寫於1911年。在這一年的某一天，詩人站在一個地鐵站的出口，面對行色匆匆的人群，面對地鐵月臺的嘈雜和混亂迷失了。那是一種沒有著落的悵然若失，是一種人生如萍的漂泊感。然而就在詩人走出地鐵站的一瞬間，一股清新的氣息在詩人的臉面吹過。這時，詩人再看人群，看茫茫人世，感到了生命的活力。詩人當時寫下了30多行詩，最後詩人經一年半的思考和刪改，只留下了兩行，成爲意象派詩歌的代表作。

在龐德看來，「意象」是「一剎那思想感情的複合體」。詩人捕捉到了怎樣的瞬間呢？那是很多現代人從地鐵站走出的瞬間。地鐵，這一現代社會的產物，是現代社會匆匆忙忙的象徵。在地鐵裏，人們從一個地方上車，在漫長的黑暗隧道中渾渾噩噩地趕路，不知

推薦閱讀

《少女》、《樹》、《抒情曲》

▲1923年，龐德（右二）與喬伊絲（左二）等人在龐德的巴黎工作室。
龐德是英美現代主義詩歌運動的核心人物，意象派詩歌的創始人。他在致力於詩歌創作的同時，也熱心扶植文學新人，弗羅斯特、艾略特、泰戈爾、喬伊絲、海明威等許多著名的文豪，都曾得益於龐德的引導和提攜。

道方向，不知道有沒有危險。人們面對著模糊茫然的臉，心情也是茫然的。在地鐵裏面，人們永遠是趕路的人，容不得片刻的停留。正如現代社會的人們，整日地只顧趕路趕時間，飄浮在城市的迷陣裏。所以，那些剛從地鐵中出來的人們，臉上一定帶著微笑，表情一定是輕鬆的。就是這樣的一瞬間被詩人捕捉到了。

「幽靈」，詩人用這樣的一個詞表現了那些面孔的迷人和一閃即逝以及生命的生機勃勃。那花瓣想來也有「一枝梨花春帶雨」的美麗和生命氣象，那黑色的枝條給人一種凝重和堅強的印象，正說明了人類生命的茁壯。

這首詩是意象派的代表作。看似簡單的兩句詩全面反映了一派詩歌的所有特點。詩人從紛紛擾擾的社會生活中提煉出最凝練的意象，寫成極其優美的詩歌。這首詩就是這樣，兩句詩，兩個精煉的意象蘊含了豐富的內涵，令人想像無窮，回味不盡。正如詩人所說的：「一生中能描述一個意象，要比寫出連篇累牘的作品好。」這首詩足以使他在世界詩歌史上佔有顯著的一席之地。

流派溯源

意象派，1910—1918年在英國出現的現代主義詩歌流派，其領袖人物是埃茲拉・龐德。因為這些詩人們受中國詩歌的影響，追求精煉的意象和意象背後的深遠意蘊，故被稱為「意象派」。他們的詩歌主張是：意象本身就是詩歌。另外，其詩歌在形式的創新、追求純詩及詩的音樂性上和象徵主義有著相似之處。

雪夜林邊逗留

◇弗羅斯特 顧子欣 譯

Linger Beside the Forest in a Snowy Night

我知道誰是這林子的主人，
儘管他的屋子遠在村中；
他也看不見我在此逗留，
凝視這積滿白雪的樹林。

我的小馬想必感到奇怪：
爲何停在樹林和冰封的湖邊，
附近既看不到一間農舍，
又在一年中最黑暗的夜晚。

它輕輕地搖了一下佩鈴，
探詢是否出了什麼差錯。
林中毫無迴響一片寂靜，
只有微風習習雪花飄落。

這樹林多麼可愛、幽深，
但我必須履行我的諾言，
睡覺前還有許多路要走呵，
睡覺前還有許多路要趕。

◇ 弗羅斯特的代表作之一
◇ 在美國被廣為傳誦
◇ 被譯為多種文字，流傳廣泛

作者簡介

弗羅斯特（1874—1963），20世紀美國最受歡迎的詩人之一。生於三藩市，年輕時當過工人、瓦匠、教員、新聞記者等。後來考入哈佛大學，但不久因經濟問題輟學，歸家務農。這一時期，詩人開始寫詩，其詩中洋溢著濃郁的田園氣息，弗羅斯特也因此被後人稱爲「工業社會的田園詩人」。1912年，他前往英國，結識了一些文學界的名人。次年，詩人的第一部詩集《一個孩子的願望》出版。1914年詩人的第二部詩集《波士頓以後》又出版，詩人的名字開始在美國流傳。1915年，詩人回國，被尊爲詩壇領袖，在各地巡迴朗誦自己的詩歌，場面熱烈。詩人曾四次獲得普立茲獎，是美國歷史上獲此殊榮的第一人。晚年，詩人回到他的農莊，在詩情畫意中品味田園的美麗和純樸。除上面提到的作品外，詩人的作品還有《西去的小河》、《在林間空地裏》等詩集。

▲弗羅斯特像

名作賞析

詩人早年在美國繁華的城市中漂泊，心靈一直找不到歸宿。晚年，詩人隱居農莊，心靈與自然世界相通，在空曠而恬靜的原野上癡情地享受著自然的美景。這首詩寫於詩人的早年。詩人在嘈雜的工業社會中踯躅獨行，觀察世人的百態，了解世人的感想：他們爲紛擾的世事所惑，難以發現自然世界的美麗、寧靜，匆匆而來，匆匆而去。詩人捕捉到這一平常的生活現象，心生感慨，於是寫下了這首詩。

推薦閱讀

《一條未走的路》、《我的蝴蝶》、《沒有鎖的門》

在詩中，詩人首先描寫了美麗的自然風光。在冬日的黃昏，在村外的田野上，在幽深的樹林邊，詩人在逗留著。詩人被那樣的美景吸引了，陷入了深深的沉思中。天空暗淡下來，夜幕降臨。皚皚白雪包裹了世界，樹林、村莊、冰封的湖面都在白雪的世界裏沉沉睡去。一切是那樣的寂靜，那樣的柔美和純潔。雪花在飛舞，微風在輕吹。些微的動，不僅沒有打破這寧靜，而且讓這素靜的世界多了份生機和靈動——幽深而可愛。

▲弗羅斯特在自己農場的木屋前。
弗羅斯特是美國家喻戶曉的傑出民族詩人。他擅長描寫白樺林和牧場，詩中洋溢著濃厚的田園氣息，弗羅斯特因此被譽為「工業時代的田園詩人」。其詩歌清新質樸、細膩含蓄、意味悠長，再現了戲劇性的人生體驗，為美國詩壇開闢了一片廣闊的天地。

然而，這樣的美景和詩的開頭結尾毫不相稱。詩的開頭說「我知道誰是這林子的主人」，結尾又說「還有很多的路要趕」。詩人面臨著兩難的選擇：一方面被自然的美麗所吸引，另一方面又要爲紛紛雜雜的世事而去奔波勞碌。詩人的矛盾心理反映了世人終日爲世事、生活所累，而無暇自顧、難有片刻心緒寧靜的無奈心情。

這首詩反映了詩人對人生的看法。那許下的諾言暗示著詩人對人生某些追求的許諾，那未走完的路程隱喻著殘餘的人生，那睡眠也象徵著生命的終結。詩人嚮往純淨恬淡的田園生活，但又難以擺脫紛繁喧囂的現代工業生活的困擾。詩歌在一定程度上體現了詩人的這種矛盾心理。

這首詩集中體現了詩人的創作風格。詩人善於用簡樸的語言，借助樸素單純的景色，表現出人們的享樂和對心靈安寧的憧憬。那簡單而優美的意境一下子就抓住了現代人的心靈。此外，詩人還善於在詩的結尾處昇華出一種深刻的人生哲理，發人深思。正是這樣的特點，使得詩人剛出道3年就被奉爲詩壇領袖。

死的十四行詩

Sonnet of Death

◇米斯特拉爾
王永年 譯

一

人們把你擱進陰冷的壁龕，
我把你挪到陽光和煦的地面。
人們不知道我要躺在泥土裏，
也不知道我們將共枕同眠。

像母親對熟睡的孩子一樣深情，
我把你安放在日光照耀的地上，
土地接納你這個苦孩子的軀體
準會變得搖籃那般溫存。

我要撒下泥土和玫瑰花瓣，
月亮的薄霧縹緲碧藍
將把輕靈的骸骨禁錮。
帶著美妙的報復心情，我歌唱著離去，
沒有哪個女人能插手這隱秘的角落
同我爭奪你的骸骨！

必讀理由

◇米斯特拉爾的成名作、代表作
◇獲當年智利首屆「花節詩歌大賽」第一名
◇被譯成多國文字，廣為傳誦

二

有一天，這種厭倦變得更難忍受，
靈魂對軀體說，它不願拖著包袱
隨著活得很滿意的人們
在玫瑰色的道路上繼續行進。

你會覺得身邊有人在使勁挖掘，
另一個沉睡的女人來到靜寂的領域。
待到我被埋得嚴嚴實實……
我們就可以絮絮細語，直到永遠！

只在那個時候你才明白，
你的肉體還不該來到深邃的墓穴，
儘管並不疲倦，你得下來睡眠。

命運的陰暗境界將會豁然明亮，
你知道我們的盟約帶有星辰的印記，
山誓海盟既然毀損，你就已經死定……

三

一天，星辰有所表示，
你離開了百合般純潔的童年，
從那天起，邪惡的手掌握了你的生命。
你在歡悅中成長。它們卻侵入了歡悅……

▼米斯特拉爾17歲時愛上了一位名叫烏雷塔的年輕鐵路職員。初時雙方感情深厚，海誓山盟，訂下終身。不料男方後來見異思遷，又愛上了另外一位姑娘。不久烏雷塔也被他新結識的姑娘拋棄，同時他所經管的鐵路賬目被發現有問題，烏雷塔不得已舉槍自殺。死時他的口袋裏裝有一張準備寄給米斯特拉爾的明信片，希望和女詩人重新和好。這件事導致了女詩人情感的迸發，寫下了不少追念愛情的詩篇。《死的十四行詩》即是其中著名的一首。

我對上帝說：「他給領上毀滅的途徑。
那些人不懂得引導可愛的心靈！
上帝啊，快把他從致命的手裏解脫，
要不就讓他在長夢中沉淪！

我不能把他喚住，也不能隨他同行！
一陣黑色的風暴把它的船吹跑。
讓他回到我的懷抱，要不就讓他年輕輕的死掉。」

他生命的船隻已經拋錨……
難道我不懂愛情，難道我沒有憐憫？
即將審判我的上帝，這一切你都知道！

作者簡介

米斯特拉爾（1889—1957），智利現代著名女詩人。未曾受過正規教育，小時候在同父異母的姐姐的輔導下讀了《聖經》和但丁、普希金等文學大師的作品。1905年進入短訓班學習，畢業後成爲一名小學教師。1914年，詩人爲自己以前的戀人所作的悼念詩在詩歌節上獲獎，在智利詩壇嶄露頭角。1922年，詩人應邀去墨西哥考察並參加了教育改革的工作。同年，詩人的第一部詩集《絕望》出版，讀者反應強烈。1932年，詩人轉入外交界，先後在義大利、西班牙、美國等國任領事。1945年，詩人獲得諾貝爾文學獎。詩人的作品除上面提到的外，還有1924年出版的《柔情》、1954年出版的《葡萄牙壓榨機》和散文詩集《智利掠影》等。

▲米斯特拉爾像

名作賞析

這首詩寫於1914年，在當年智利文藝家協會舉辦的主題爲「悼念死去的愛人」的「花節詩歌大賽」上獲得第一名，米斯特拉爾也一舉成名。1907年，米斯特拉爾和一個叫羅梅里奧·烏雷塔的鐵路職員相戀。也許雙方都太年輕，也許雙方文化層次和人生追求的不同，年輕人後來移情別戀，幾經周折，竟在1909年因失戀自殺，死時身上帶著詩人送他的明信片。

就是這段熾熱的戀情，這段未果的愛情觸發了詩人的感情：那甜蜜和青澀，那痛苦又攪拌著深深的愛撫。詩人沉痛地追憶過去，痛惜愛情的缺憾，深深陷入對愛情和死亡的思考中，最終形成了這首感人至深的三節詩。

第一節。愛人死了，被人放進壁龕，陰暗的壁龕。詩人願意化爲陽光，願用愛情去安撫那已冷卻的身體和靈魂。詩人要用輓歌留住愛人，去深情地溫暖那顆年輕的心。愛人死了，詩人仍信仰愛情。愛人只剩下了骸骨，但詩人仍願意用濕濕的泥土，用散發著香氣的玫瑰，用月光照射下的薄霧將這骸骨、這冰冷的心靈鎖住，珍藏在自己心靈的深處。

推薦閱讀

《癡情》、《被遺忘的女人》、《大樹之歌》

第二節。詩人的追念之情在不斷深化。詩人的心在滴血，爲自己，也爲死去的年輕人。一切都過去了。戀人背叛了自己，他的軀體不過是一個空包袱。但詩人仍在癡情地等候，要用自己的美麗心靈去感化戀人，盼望戀人回心轉意。詩人夢想有著平凡的生活、平凡的愛情：在那星辰閃爍的清冷之夜，和戀人相守在一起，絮絮低語，山盟海誓。那夜，世界的陰暗，命運的陰暗瞬間被幸福誓言穿破，豁然明亮。

第三節。死亡、愛情、痛苦似乎都打上了宿命的印記。愛情最終走向了幻滅，詩人在悲憤之餘，對那位虛無縹緲的上帝進行了無情的譴責。同時詩人又堅定了自己的愛情信仰：讓愛情永生。

▲1989年智利發行的紀念米斯特拉爾的郵票。
作為一代抒情女王，米斯特拉爾的詩歌感情真摯，輝耀著博愛的光芒，抒情性極強，開闢了拉美抒情詩的一代詩風。她的詩影響了整整一代拉美人，對拉美現實主義詩風的創立、形成起了承先啓後的作用。1945年，「由於她那富於強烈感情的抒情詩歌，使她的名字成為整個拉丁美洲理想的象徵」，米斯特拉爾獲得諾貝爾文學獎，成為拉美歷史上第一個摘取這項桂冠的詩人。

這首詩的表現手法非常純熟，對纏綿的柔情，對愛情的執著，對愛情的痛苦結局等或用了恰當的描寫，或用了貼切的鋪敘。詩的風格是現實主義的，詩的格調是積極的。詩歌情感眞摯熾烈，節奏起伏激盪，第一人稱手法的運用，增強了親切感，引起了讀者的強烈共鳴。正是由於詩人的詩歌中洋溢著濃厚摯烈的眞情，閃耀著愛的光芒，使得詩人贏得了文學殿堂中的至高榮譽——諾貝爾文學獎。1945年，在詩人諾貝爾文學獎的頒獎詞中這樣寫道：「因爲她那富於強烈感情的抒情詩歌，使她的名字成爲整個拉丁美洲理想的象徵」。

情詩

◇聶魯達 王永年 譯

Poem

我記得你去秋的神情。
你戴著灰色貝雷帽，心緒平靜。
黃昏的火苗在你眼中閃耀。
樹葉在你心靈的水面飄落。

你像藤枝偎依在我懷裏，
葉子傾聽你緩慢安詳的聲音。
迷惘的篝火，我的渴望在燃燒。
甜蜜的藍風信子在我心靈盤繞。

我感到你的眼睛在漫遊，秋天很遙遠：
灰色的貝雷帽、呢喃的鳥語、寧靜的心房，
那是我深切渴望飛向的地方，
我歡樂的親吻灼熱地印上。

在船上望天空。從山崗遠眺田野。
你的回憶是亮光、是煙雲、是一池靜水！
傍晚的紅霞在你眼睛深處燃燒。
秋天的枯葉在你心靈裏旋舞。

必讀理由

◇ 聶魯達的代表作之一
◇ 一首優美動人的南美大陸的愛情讚歌
◇ 青年人必讀的愛情詩

▲聶魯達像

作者簡介

聶魯達（1904—1973），智利乃至拉美現代詩壇代表人物。父親是個火車司機，母親在他滿月時就離他去世了。學生時代的詩人就經常在學校刊物上發表詩歌習作。1919年，詩人在省級詩歌比賽中獲得三等獎。1921年，他離開家鄉就讀大學，主修法語。期間，他的詩獲得智利學生聯合會舉辦的文學比賽一等獎。1924年，詩人發表成名作《二十首情詩和一首絕望的詩》，一躍成爲智利詩壇的中心人物。大學畢業後，他進入外交界，歷任領事、大使等。1945年，詩人當選國會議員，獲智利國家文學獎。由於國內的政局變化，詩人於1949年流亡國外。流亡期間，詩人獲得國際和平獎。1952年，詩人回國，受到人民的盛大歡迎。1957年，詩人當選智利作家協會主席。1971年獲得諾貝爾文學獎。除上面提到的外，詩人的作品還有《大地上的居所》、《詩歌總集》、《一百首愛的十四行詩》等。

名作賞析

這首詩是聶魯達的成名詩集《二十首情詩和一支絕望的歌》中的代表作，也是聶魯達的代表作之一。

推薦閱讀

《你的微笑》、《我喜歡你沉靜》、《鴿子拜訪普希金》

詩以「我記得」三字開篇。一種深深的愛憐、一些迷人的畫面、一種動人的詩情在詩人的心中，在詩人的腦海中浮動。它激起了詩人對逝去愛情的回憶。

「你」（愛人）戴著樸素的貝雷帽，「心緒平靜」。愛人平靜地站在那兒，臉色祥和，表情純淨，但眼裏閃著脈脈的柔情，有「黃昏的火苗」「在閃耀」。詩人也受到了感染。詩人彷彿在天地的靜照中進入了愛人的心靈，看到樹葉在愛人心靈的溪流中飄落，又悠悠流走，波瀾不驚。這是詩人的直觀，用外物直觀自己的內心，也直觀愛人的心靈。

▲1991年智利發行的紀念聶魯達的郵票。

接著是詩人的直感，詩人從實感來追思外物的形象，寫下了動人的畫面。「你」依偎在「我」的懷裏，如藤枝依偎在大樹上。葉子和葉子在低語，那親密和交流是心靈的交融、合一。愛情如篝火一樣在燃燒，那樹藤之間的纏繞、依偎，已不再僅僅是身體的纏繞，而是心靈的盤旋了。

詩人通過愛人的眼睛，感受那漫遊，感受那遙遠的秋天。那帽、那鳥語、那寧靜，到外表和有質感的聲音，再到心靈棲息的地方。詩人熱情地親吻著這些，詩人獲得了無上的歡樂。

在詩的最後，詩人順著自己的直覺直感，又彷彿看到了戀人的心，觸到了戀人波動的思緒。在悠悠邈邈的水面上， 戀人坐在小船中，仰望天空；在高高的山崗上，戀人在遠眺碧綠的原野。亮光、煙雲、一池靜水，戀人的回憶定格成可視的畫面。詩人的心與戀人的心融和在一起，詩人彷彿看到了戀人眼中有緋紅的晚霞在燃燒，心靈深處有秋天的落葉在旋舞。

這首詩代表了詩人前期的現代派風格。詩歌一方面承繼了民族詩歌的抒情傳統，一方面又吸收了西方現代派詩歌的抒情方式。詩人用外物直觀心靈，用純淨的聲音直觀感情的交流、心的融合，用眼睛直觀自己和戀人的心靈。在寫作手法上，「寫實」、「寫意」和抒情的巧妙結合，使詩既融合了優美的外在自然風光和詩人主觀創造的詩情畫意，又以樸素而深情的筆觸寫出了愛情的真摯，使詩具有了震撼心靈的魅力。

大街

The Street

◇帕斯 郭惠民 譯

這是一條漫長而寂靜的街。
我在黑暗中前行，我跌絆、摔倒
又站起，我茫然前行，我的腳
踩上寂寞的石塊，還有枯乾的樹葉：
在我身後，另一人也踩上石塊、樹葉。
當我緩行，他也慢行：
但我疾跑，他也飛跑。我轉身望去：卻空無一人。
一切都是黑漆漆的，連門也沒有，
唯有我的足聲才讓我意識到自身的存在，
我轉過重重疊疊的拐角，
可這些拐角總把我引向這條街，
這裏沒有人等我，也沒有人跟隨我，
這裏我跟隨一人，他跌倒
又站起，看見我時說道：空無一人。

必讀理由

◇ 帕斯的代表作之一
◇ 反映拉美一代知識份子的彷徨、迷惘和失望心理

作者簡介

▲帕斯像

帕斯（1914—1998），拉丁美洲當代著名詩人。生於墨西哥城一個有著濃厚宗教氣息的文化家庭。在法國接受中學教育。14歲時進入墨西哥國立大學學習，不久因家道中落而輟學。17歲時，詩人開始詩歌創作並與人合辦《欄杆》雜誌。1933年，詩人創辦詩歌期刊《墨西哥谷地手冊》，同年出版其第一部詩集《狂野的月亮》，一舉成名。隨後，他積極參加社會活動，曾創辦小學救助貧困兒童。1938年，詩人創辦文學期刊《車間》，1943年參與創辦《浪子》。1944—1945年，他前往美國學習，回國後積極援救西班牙流亡人員，同時進入外交界，先後在法國、日本等國任外交官，1955年曾回國從事詩歌創作，創辦《墨西哥文學》雜誌。1968年在任駐印度大使期間，因反對政府對學生運動的鎮壓憤而辭職，在英美等國從事詩歌研究。1971年回國專門從事詩歌創作。1990年，詩人獲得諾貝爾文學獎。1998年，詩人病逝。

名作賞析

推薦閱讀

《四重奏》、《廢墟間的頌歌》、《太陽石》

墨西哥城的街道聞名世界，那裏的每一條街都是用一個名人的名字或者著名的歷史事件命名的，具有深厚的歷史氣息和文化內涵。走在這樣的街道上，詩人心中難免會觸發某種深刻的感受。在這首詩中，詩人借用街道抒發了自己對於民族歷史的思考，對於民族命運的一種沉思。

詩中的「我」並非特指，而是指代那些執著探索歷史本質、人類命運和人生道路的人們。「我」在漫長而寂靜的大街上行走，不斷跌倒，又不斷站起。「我」就是那些探索者的代表。這時街上出現了另一個人「他」。「他」緊跟在「我」的身後，當「我」慢慢前行時，「他」也慢慢行進。當「我」加快腳步時，「他」也跟了上來。「他」是另一個「我」，在歷史的深處躲藏著，不斷追問思考歷史的本質；「他」是「我」的靈魂，不斷敦促「我」前進。

▲1944年，帕斯（中）與其朋友們在墨西哥的一次學術研討會上。

在這樣的街上，「我」迷失了，然後靠著自己的足音找回自己。「我」不斷地轉過一個又一個拐角，然後又回到出發點。在往返回復的行走中，「我」與另一個行走者相遇，然而他卻說：「空無一人。」「他」或許是位徘徊在歷史峽谷中的前輩，在躲避殘酷的現實，在強迫自己的心靈逃避那不堪回首的往事。或者，「他」是以前的自己，仍然處於追尋和迷失中。

這首詩代表了詩人的成熟創作風格。詩歌一方面帶有拉丁美洲詩歌的神秘氣息，帶著深沉的歷史思索；另一方面大膽突破傳統，追求先鋒詩歌的風格，帶有強烈的現代意味和特點。在深沉的歷史思索和民族意識中表達了強烈的個人瞬間體驗，使個人的生命直覺與厚重的歷史意味相結合，進而達到完美的統一。在形式上，詩歌迴環往復，前後循環相因，意境層層遞進，耐人尋味。

她

◇達里奧 陳光孚 譯 *She*

你們認識她嗎？她是令人神迷的花朵，
沐浴著初升的陽光，
偷來朝霞的顏色，
我的心靈將她看作一首歌。

她活在我孤寂的腦海，
在黃昏的星辰中我方能找到，
在日落失去光輝的時刻，
她是天使，帶走了我的祈禱。

在花兒的色蒂那裏，
我聞到她那芬芳的氣息，
在東方曙光中她露出粉臉，
無論在何處她都使我著迷。

你們認識她嗎？她的生命即是我的生命，
她撥動我心上的細弦；
她——我豆蔻年華的芳芬，
是我的光明、未來、信心、黎明。

必讀理由

◇達里奧的代表作之一
◇體現了拉美現代主義詩歌的典型特色
◇被譯成多國文字，流傳廣泛

爲她，有什麼我不能辦到？我對她的崇敬
像百合花對那晶瑩的甘霖，
她是我的希望，我的悲傷，
我的青春和神聖的理想。

我將她的愛情當作
憂傷和孤獨生活中的神聖夢境，
我把美妙的歌兒奉獻給她，
讓這悲愴的歌聲爲我過去的幻想送終。

◀她是令人神迷的花朵，是天使，是青春、美麗、理想的化身，在黃昏的星辰中方能找到。

作者簡介

▲達里奧像

達里奧(1867—1916)，拉丁美洲至今最負盛名的詩人，被稱爲這塊大陸的詩聖。生於尼加拉瓜北部的梅塔帕市(今達里奧市)。幼年即開始寫詩，在利昂一所教會學校及國家學院接受教育。當過店員和記者，曾任尼加拉瓜駐巴黎總領事、駐西班牙公使等職。他是現代主義詩派的代表人物，其主要功績是突破了西班牙殖民時期的詩歌格律和詩風，並成功地將法國高蹈派和象徵主義的風格糅進拉丁美洲詩歌。1888年，達里奧在智利出版其第一部詩歌和散文合集《藍》，被認爲是拉美和西班牙文學新時代的先驅。1915年，詩人在美國巡迴演講中生病返回尼加拉瓜，次年病逝於利昂。詩人的其他主要作品有詩集《牛蒡》、《褻瀆的散文》、《生命與希望之歌》等。

名作賞析

《她》是拉丁美洲詩聖達里奧的名詩之一。詩歌描繪了詩人心目中的愛人以及詩人對愛人深摯的情感。

在詩中，詩人心目中的愛人的美麗和完美與詩人對她的情感糅合在一起，相互映襯。詩歌開首直接點題，直抒胸臆，以形象的比喻描繪了「她」的美麗，突出了「她」在詩人心中的地位。第二段進一步深化了「她」對詩人的存在意義。詩的第三段也是將「她」的完美和詩人對「她」的情感糅合在一起，但用的不是第一段的那種前三行描繪、後一行突出詩人情感的寫法，而是隔行對稱的手法。實際上詩人描寫的是自己感官的享受：詩人在花兒色蒂那裏才能聞到「她」的芬芳；在曙光中才能看到「她」的臉

達里奧的故鄉尼加拉瓜風光。

面。第四段使用反覆的手法，將情感推入新的高度，進一步突出「她」在詩人心中的地位：「她的生命即是我的生命」，「她」會給詩人帶來光明，喚起詩人的信心，是詩人的未來所在。

▲達里奧紀念碑。
達里奧是拉丁美洲文學史上一位承前啓後的文學巨匠，他開創並領導了拉丁美洲現代主義文學運動。他的詩作用語華麗清新、晶瑩剔透，深受西班牙文學界的讚揚，對當代西班牙作家影響巨大。

那麼，詩人與「她」之間的愛情是眞實的嗎？是現實的嗎？是詩人虛構的或是幻想出來的？詩的第五段和最後一段用了一連串令人難解的名詞「幻想」、「夢境」，以及與愛情相左的形容詞「憂傷」、「孤獨」等。詩人以此暗示讀者，詩歌乃是自己的虛構和想像，切不可認眞。

推薦閱讀

《秋天的詩》、《我尋求一種形式》、《金星》

這首詩充分顯示了達里奧的詩歌創作技巧和拉丁美洲現代主義詩歌所追求的特色。整首詩對人物沒有一句直接具體的描寫，每段詩都是借物頌人，全詩充滿了象徵性的比喻，詩的用詞也很眞切和細膩。但由於作者過多地追求象徵、比喻和用詞造句的技巧，影響了詩人自我感情的迸發和詩情的自然流露，以致使詩歌顯得有點造作。

流派溯源

現代主義，19世紀末20世紀初興起於拉丁美洲的詩歌流派，主要人物有達里奧、馬查多、希梅內斯等。這派詩人受法國象徵主義詩人和高蹈派的影響，主張「為藝術而藝術」，創造出一種新詩語言。這種語言強調感官美感、音樂效果，黃金、珠寶、天鵝、孔雀及百合花是詩中最常用的辭彙，性欲和悲傷充斥於許多作品中。

雨

◇博爾赫斯 陳光孚 譯 *Rain*

黃昏突然明亮，
只因下起細雨，
剛剛落下抑或早已開始，
下雨，這無疑是回憶過去的機遇。

傾聽雨聲簌簌，
憶起那幸運的時刻，
一種稱之爲玫瑰的花兒
向你顯示紅中最奇妙的色彩。

這場雨把玻璃窗蒙得昏昏暗暗，
使萬物失去了邊際，
蔓上的黑色葡萄也若明若暗。

庭院消失了，
雨漣漣的黃昏給我帶來最渴望的聲音，
我的父親沒有死，他回來了，是他的聲音。

必讀理由

◇博爾赫斯的代表作之一
◇一首情深意切的追憶親人的懷舊詩
◇揭示了博爾赫斯婚姻中鮮為人知的一面

作者簡介

博爾赫斯（1899—1986），阿根廷20世紀著名詩人、小說家和翻譯家。生於布宜諾斯艾利斯一個有英國血統的律師家庭。在日內瓦上中學，在劍橋讀大學。通曉英、法、德等多國文字。詩人在中學時代即開始寫詩。1919年赴西班牙，與極端主義派及先鋒派作家過從甚密，並與其一同主編文學期刊。1950—1953年，詩人任阿根廷作家協會主席。1955年任阿根廷國立圖書館館長。其重要作品有詩集《布宜諾斯艾利斯的激情》、《面前的月亮》、《聖馬丁筆記本》、《老虎的金黃》、《深沉的玫瑰》，短篇小說集《世界性的醜事》、《小徑分岔的花園》、《手工藝品》、《死亡與羅盤》、《沙之書》等。另外還譯有卡夫卡、福克納等人的作品。

▲博爾赫斯像

推薦閱讀

《歸來》、《南方》、《迷宮》

名作賞析

《雨》是博爾赫斯的名詩之一，詩歌以雨爲題，抒發了詩人追憶親人和往事的情懷。

詩的第一段，以隱伏的寫法，從側面描述了黃昏的雨景，巧妙地向讀者交代了詩人回憶往事的時間和空間。黃昏下雨時，天空突然明亮起來，這是大自然常見的現象。這裏，作者已講明時間正處在黃昏，景況是下起了細雨。至於雨是剛剛開始下呢，還是早已開始了呢？作者並未交代清楚。其言外之意很明顯，作者是在屋子裏，而且是獨自一人，正對窗外的雨景浮想聯翩。後兩句詩將地點和作者的處境交代清楚了。

第二段承接第一段的末句，詩人思緒升騰，開始追憶那溫馨的過去。細雨淅淅瀝瀝地下著，在簌簌的雨聲中，詩人憶起自己一生中最幸福的時刻——愛情最火熱的年代。詩人將戀人比爲紅紅的玫瑰，嫵媚動人，聖潔無比。詩人是那麼癡情、那麼執著地愛著她！

博爾赫斯的愛情生活，是拉丁美洲文學界多年爭論的一個問題。詩人大半生過著單身的生活，直到69歲時才與埃爾薩．米利安小姐結婚，不過

▲**雙目已失明的晚年的博爾赫斯。**
博爾赫斯是與聶魯達、帕斯齊名的拉美三大詩人之一，他的詩語言質樸、風格純淨、意境悠遠、情感充沛，展示了生命中本真的意念與深層次的領悟。博爾赫斯在小說創作上也有極高的造詣，有「作家們的作家」的美稱。

婚姻只維持了不到4年時間便破裂了。詩人在去世的前幾年，又與瑪麗婭·科多瑪小姐結婚，彼此相處很好。關於詩人遲婚的原因，目前最合理的解釋是詩人在青年時曾有過一次刻骨銘心的戀愛，但由於第一次世界大戰的爆發而中斷了。詩人為此心灰意冷，曾發誓終生不娶。這首詩透露了詩人青年時的情遇，證實了學者們近年的考證。

詩的第三段為第四段做了鋪襯，詩人對客觀事物昏暗的描寫，意在要把讀者帶向新的意境。第四段的第一句「庭院消失了」，一語雙關，意為客觀事物在詩人的腦海裏全部消失了，詩人完全進入主觀的遐想中，朦朧中，詩人好像聽到他最渴望的聲音——父親回來的腳步聲。

詩人早年喪母，其生活與教育全由他的父親照顧。他的父親是位著名醫生，博學多才，對詩人影響很大。為了教育詩人，曾幾次更換家庭教師。所以，詩人對父親的熱愛和崇敬是真摯和深沉的。於是，詩人在雨景造成的回憶往事的機遇中，自然而然地想起他所深愛的父親了。

我愛你，我的愛人

I Love You, My Lover

◇泰戈爾 冰心 譯

我愛你，我的愛人。請饒恕我的愛。
像一隻迷路的鳥，我被捉住了。
當我的心抖戰的時候，它丟了圍紗，變成赤裸。用憐憫遮住它吧。愛人，請饒恕我的愛。

如果你不能愛我，愛人，請饒恕我的痛苦。
不要遠遠地斜視我。
我將偷偷地回到我的角落裏去，在黑暗中坐著。
我將用雙手掩起我赤裸的羞慚。
回過臉去吧，我的愛人，請饒恕我的痛苦。

如果你愛我，愛人，請饒恕我的歡樂。
當我的心被快樂的洪水捲走的時候，不要笑我的洶湧的退卻。
當我坐在寶座上，用我暴虐的愛來統治你的時候，當我像女神一樣向你施恩的時候，饒恕我的驕傲吧，愛人，也饒恕我的歡樂。

必讀理由

◇ 泰戈爾的愛情名詩之一
◇ 一首具有濃郁印度情調的愛情詩

▲泰戈爾像

作者簡介

泰戈爾（1861—1941），印度現代著名詩人、文學家。生於印度加爾各答市的一個富裕家庭。自幼天資過人，14歲時就開始發表詩歌，16歲時其第一篇小說面世。1878年，詩人發表第一首長詩，同年去英國留學，兩年後回到家鄉，協助父親從事社會活動，同時創作了大量具有浪漫主義風格的愛國詩歌，出版詩集達十幾部之多。1901年，詩人創辦學校，後成爲印度最著名的國際大學。1905年後，詩人積極參加印度民族獨立解放運動，同時堅持詩歌寫作。1912—1913年，詩人出版英文詩集《吉檀迦利》、《新月集》等，受到世界的關注，於1913年獲得諾貝爾文學獎。1915年被英國王室授予爵位。1919年，詩人抗議英國屠殺平民，公開聲明放棄這一爵位。在隨後的歲月中，詩人一邊創作詩歌，一邊在世界各地漫遊講學，1924年曾來到中國。1941年，詩人安詳地離開了人間。詩人一生著作等身，一共創作了50餘部詩集、30餘部散文集、12部中長篇小說和上百篇短篇小說、30多部劇本。

名作賞析

這首詩出自《園丁集》，是其中的第33首詩。《園丁集》既細膩地描寫了男女之間愛情的甜蜜和愁苦，又寫出了詩人對於人生探索和追求的充實與失落。它最早用孟加拉文寫成，1913年詩人自己將它譯成英文出版，詩集名叫「園丁」。

詩歌表達了詩人對戀人的純眞堅定的愛情。詩人的愛是赤裸裸的，儘管懷著害羞的表

推薦閱讀

《泰戈爾散文詩全集》

▲右圖為泰戈爾詩集《吉檀迦利》中文版封面。
左圖為泰戈爾故鄉加爾各答風光。
泰戈爾有「東方詩哲」之稱，他的詩帶有空靈的神秘主義色彩和濃郁的人道主義氣息，是歌唱快樂與悲傷的「生命之歌」，表達了詩人對祖國命運、人生理想、人類前途的關注、探索和追求，為世界詩歌開拓了一片廣闊的天地。

情和怕被拒絕的擔心。詩人在愛人的美麗中迷失，如一隻迷路的小鳥，心情激動而慌亂。但詩人的愛是執著的，詩人勇於表達心中的愛情，願意將自己的愛情赤裸裸地在愛人的面前展開，祈求愛人的憐憫和接受。

愛情往往與痛苦連在一起。很多人都不願承擔痛苦，只願品嘗愛情的甜蜜。但詩人願意承擔這樣的痛苦。詩人的愛情是純潔的愛情，哪怕愛人的心中沒有他的身影，哪怕他只能在表白自己的愛情之後偷偷躲進黑暗的角落。如果愛人不愛他，詩人願意自己躲開，獨自品嘗痛苦和淚水，因爲詩人不願因自己的愛而影響了愛人的生活。

在對愛情的執著追求中，詩人獲得了快樂。那快樂像洪水一樣，迅速地席捲了詩人的心。詩人因快樂有點語無倫次了。因爲這樣的快樂，詩人的愛更加堅定，更加熱烈，詩人爲自己的愛而驕傲。

這首詩體現了泰戈爾一貫的詩歌風格和內容。詩歌運用優美的語言、流暢的韻律表達詩人純樸的生活觀、眞摯的感情、泛愛主義的世界觀；同時，詩中含有濃重的宗教意味。詩人一方面吸收了孟加拉民歌的優美旋律和宗教音樂的神聖氣氛，另一方面將新的人生觀和思想寫進他的詩歌。這融合著東方情調和現代思想的詩歌，使泰戈爾贏得了世界性的聲譽。

論婚姻

◇紀伯倫 冰心 譯 *On Marriage*

愛爾美差又說，夫子，婚姻怎樣講呢？

他回答說：

你們一塊兒出世，也要永遠合一。

在死的白翼隔絕你們的歲月的時候，你們也要合一。

噫，連在靜默地憶想上帝之時，你們也要合一。

不過在你們合一之中，要有間隙。

讓天風在你們中間舞盪。

彼此相愛，但不要做成愛的繫鍊：

只讓他在你們靈魂的沙岸中間，做一個流動的海。

彼此斟滿了杯，卻不要在同一杯中啜飲。

彼此遞贈著麵包，卻不要在同一塊上取食。

快樂地在一處舞唱，卻仍讓彼此靜獨，

連琴上的那些弦子也是單獨的，

雖然他們在同一的音調中顫動。

▶紀伯倫散文詩集《先知》中文版封面。
《先知》是紀伯倫用英文寫的一部散文詩集，作品想像豐富，感情深沉，比喻新奇，被譽為紀伯倫的「頂峰之作」，曾被譯成二十多種文字在世界各地出版。

彼此贈獻你們的心；卻不要互相保留。
因爲只有「生命」的手，才能把持你們的心。
要站在一處，卻不要太密邇：
因爲殿裏的柱子，也是分立在兩旁，
橡樹和松柏，也不在彼此的蔭中生長。

作者簡介

▲紀伯倫像

紀伯倫（1883—1931），黎巴嫩裔美籍詩人、哲學家和藝術家，阿拉伯現代文學的奠基人之一。出生在黎巴嫩北部風景秀麗的卜舍里，那裏的風景給了他無窮的創作靈感；他的家庭有著極深的文化涵養和濃重的宗教氣息，這些都對詩人的成長產生了很大的影響。1891年，他的父親受到誣告，家產被抄。4年後他的母親帶著他離開了祖國，前往波士頓定居。1898年，詩人隻身回到祖國學習阿拉伯語。在學成的19歲那年，他的母親去世；這時詩人的愛情又遭遇挫折，詩人的心情變得孤寂起來，沉迷於宗教的靜思之中。在姊姊的支持下，他開始致力於寫作和繪畫。1908年，詩人留學巴黎，師從羅丹，與一些著名畫家交往甚密，1911年返回美國。1912年，詩人在神秘的宗教啓示下開始了自己輝煌的詩歌創作，據說這一年他曾有和耶穌相遇的神秘經歷。1913年之後，詩人用阿拉伯文寫作並發表了詩集《淚與笑》、《行列聖歌》等作品。從1918年開始，詩人改用英文寫作，創作了詩集《沙與沫》、《先知》、《先知園》等，這些作品迴響巨大，使阿拉伯文學獲得了世界性影響。1931年，詩人患病去逝，遺體葬於故鄉卜舍里。

名作賞析

這首詩選自紀伯倫的詩集《先知》。《先知》是紀伯倫的代表作。據說詩人寫這本詩集前後花了將近30年的時間。詩人在18歲時就已寫出了第一稿，但是他長期沒有發表，期間幾易其稿，直到40歲時才使之問世。《先知》裏寫道：當智者亞墨斯達法準備乘船離開阿法利斯城，回到他生長的島上去時，預言者愛爾美差以及當地民眾一齊來爲他送行，同時要求他在離開之前，爲眾人演講有關人生之眞義。於是智者回答了他們提出的關於愛、婚姻、孩子、施與、飲食、工作、歡樂與悲哀、居室、衣服、罪與罰、法律、自由、理性與熱情、苦痛、自知、教授、友誼、談話、時光、善惡、祈禱、逸樂、美、宗教和死等26個問題。《先知》具有兩個鮮明特點：一是思想深邃，見解新穎，富於哲理性和普遍性，能夠發人深省，甚至有時令人耳目為之一新。二是比喻恰當，形象生動，形式創新多變，使人讀來饒有趣味。

▲紀伯倫故鄉黎巴嫩風光。
紀伯倫是20世紀阿拉伯國家現代文學的領袖人物。他一生中創作了大量的詩歌、散文詩，其作品洋溢著濃郁的東方氣息，閃爍著蓬勃的愛意、詩化的智慧和寧靜的美，在世界各國廣泛流傳。紀伯倫是黎巴嫩乃至所有阿拉伯國家的驕傲，他已成了阿拉伯文學的代名詞。

本首詩為《先知》中的第三首，是論述婚姻的。對於男女婚姻和夫婦關係，智者有新穎而獨特的觀點。首先，他指出夫婦要永遠合一：

「你們一塊兒出世，也要永遠合一。

在死的白翼隔絕你們的歲月的時候，你們也要合一。

噫，連在靜默地憶想上帝之時，你們也要合一。」

這種觀點是符合傳統觀念的，所謂「白頭偕老」就是這個意思。

其次，智者又指出在夫婦合一之中要有間隙：

「彼此斟滿了杯，卻不要在同一杯中啜飲，

彼此遞贈著麵包，卻不要在同一塊上取食，

快樂地在一處舞唱，卻仍讓彼此靜獨。」

這種觀點似乎不大符合一般傳統觀念，表面看上去好像沒有道理，其實包含著更深刻的道理。因為只有留下間隙，才能更快樂地在一處舞唱，只有保證平等獨立，才能更進一步地互相愛慕。由此可知，智者所提倡的不是夫唱婦隨、女方依附男方的封建婚姻關係，而是夫婦平等、人格各自獨立的新型婚姻關係。這在今天仍有其現實的啓迪意義。

醉歌

Drunk Song

◇島崎藤村　武繼平
沈治鳴 譯

你我相逢在異域的旅途
權作一雙闊別的知音
我滿眼醉意，將袖中的詩稿
呈給你這清醒的人兒

青春的生命是未逝的一瞬
快樂的春天更容易老盡
誰不珍惜自身之寶
一如你臉上那健康的紅潤

你眉梢鬱結著憂愁
你眼眶淚珠兒盈盈
那緊緊鉗閉的嘴角
只無言地歎氣唉聲

不要提起荒寂的道途
不要赴往陌生的旅程
與其作無謂的歎息
來呀，何不對著美酒灑淚敘情

◇ 島崎藤村的代表作之一
◇ 將日本詩歌傳統風格和西方詩歌浪漫主義風格成功結合的典範

混沌的春日無一絲光輝
孤寂的心緒也片刻不寧
在這人世悲哀的智慧中
我倆是衰老的旅途之人

啊，快在心中點燃春天的燭火
照亮那青春的生命
不要等韶華虛度，百花飄零
不要悲傷啊，珍重你身

你目不旁視，踽踽獨行
可哪兒有你去往的前程
對著這琴花美酒
停下吧，旅途之人！

▶在近代日本，一些性情狷介的文人騷客在仕途上往往不得意，他們常常被朝廷貶謫到荒涼的邊遠地區。在顛沛漂泊的路途中，他們中的一些人偶然相逢，便相聚一處，對酒放歌，互吐衷腸，慨歎人生，以遣釋心中的鬱悶尋求思想上的寄託。

作者簡介

▲島崎藤村像

島崎藤村（1872—1943），日本現代浪漫主義文學的代表人物。生於一個舊封建世家。1871年，詩人與兩個兄弟一起來到東京學習。1876年左右，他開始學習英文，接觸西方文化，不久加入基督教。1891年，詩人從明治學校畢業，開始進軍文藝界，翻譯詩歌和寫作文學評論。1893年左右，詩人和北村透谷等人創辦雜誌《文學界》，推動日本的浪漫主義運動。1896年，他離開東京，赴仙台教書。次年詩人出版其第一部詩集《嫩菜集》，產生了很大的影響，奠定了詩人在日本詩壇的領袖地位。此後詩人一發不可收拾，出版了大量詩集。1899年，詩人家道敗落，爲謀生他再次離開東京，到信洲擔任教員，並在這裏結婚生子。1901年，詩人將那兒的風景寫成《千曲川風情》發表，1903年寫下著名的小說《破戒》，1906年回到東京。1913年，詩人與自己的侄女發生不正當關係，被迫離開祖國來到巴黎。1916年回國，發表懺悔作品《新生》。隨後的時間裏，詩人一方面寫作小說，一方面在早稻田大學講授法國文學。二戰中，日本政府採用高壓政策，不許作家自由發表作品，詩人採取堅決立場，拒絕加入政府組織的文藝組織。1943年，詩人走完了自己充滿不幸的一生。

推薦閱讀

《初戀》、《啓明星》、《流星》

名作賞析

島崎藤村以詩歌進入文壇，以小說走完創作之路，詩人寫詩的時間總共也就那麼幾年。那難得的幾年正如詩人的青春一樣，充滿激情和生命的華彩，但很快就逝去，只留下淡淡的愁怨。也許正因爲這點，詩人寫下了很多歌頌青春的詩歌，這首詩是其中的一首代表作。

在人生漫漫的旅程中，相逢是一首美妙的歌。人生若浮萍漂浮不定，誰不希望在無根的漂泊中找到點安慰，在寂寞的歧路上有知己的傾談。在陌生的異域，詩人遇到了可談之人。詩人與對方同病相憐，便將自己的心曲傾訴出來，讓對方分享。

▶島崎藤村（左）與友人在一起。
島崎藤村是日本近代史上一位傑出的詩人，他的詩想像豐富奇特，音律和諧優美，語言凝練典雅，代表了日本浪漫主義詩歌的最高成就，對日本現當代詩歌的創作產生了巨大的影響。

青春是人生的精華，人人都對它極其留戀。青春易逝，如同那繁花盛開的春天，人們還沒有來得及在濃濃的花香中品味春天，春天就飄逝了；如同那奔流的溪水，人們沒來得及掬一捧清澈的水入口，溪水就奔流而去了。於是，那旅途之人——詩人的同伴眉頭緊蹙，結著深深的愁怨；眼眶含著淚，浸泡著深深的悲傷，雖悄無聲息，卻愁緒萬千。

來吧！詩人呼喚：放下心中的歎息，不要爲曾經的寂寞而空自蹉跎，儘管享受這難得相逢的一瞬，享受能抓住的現在。對酒放歌，縱淚敘情。在漫漫的人生征途中，「停下吧，旅途之人」，珍惜這美妙的一瞬吧！詩人忘情地喊道。

詩歌有著濃重的浪漫主義色彩。意象似乎都蒙上了薄薄的輕紗，朦朧但蘊含著詩人深沉的感情；奇特的想像中隱藏著詩人濃重的主觀色彩——對人生無常的感歎、對青春易逝的感傷、他鄉遇知音的短暫歡樂。在藝術形式上，詩歌韻律和諧悅耳，詩句隨著悠悠的節奏流淌；語言凝練典雅，承襲日本詩歌的優秀傳統。可以說，島崎藤村的詩歌不僅是日本浪漫主義詩歌的代表，而且也開啓了日本近代詩歌的大幕。

國家圖書館出版品預行編目資料

一生要讀的60首詩歌／佟自光，陳榮賦 編著
— 一版 — 台北市 ; 大地 2006〔民95〕
面 ; 公分. --（大地叢書 ; 12）
ISBN 986-7480-51-1（平裝）

813.1 95006213

一生要讀的60首詩歌

大地叢書12

作　者	佟自光．陳榮賦
發行人	吳錫清
出版者	大地出版社
社　址	114台北市內湖區內湖路2段103巷104號
劃撥帳號	0019252-9（戶名：大地出版社）
電　話	02-26277749
傳　眞	02-26270895
E-mail	vastplai@ms45.hinet.net
美術設計	洸譜創意設計股份有限公司
封面設計	洸譜創意設計股份有限公司
印刷者	普林特斯資訊有限公司
一版一刷	2006年5月

定　價：280元